# 人妻の達人

草凪優

JN054305

双葉文庫

# 目次

# 人妻の達人

※この作品は２０２１年１月４日〜４月29日まで「日刊ゲンダイ」にて連載され、２０２１年１月21日〜７月８日まで双葉社ホームページ（http://www.futabasha.co.jp/）にも連載された作品に加筆訂正したオリジナルで、完全なフィクションです。

# 第一章　ほしがり地方妻

## 1

待ち合わせ場所である西新宿《にししんじゅく》の高層ホテルに、大道寺大地《だいどうじだいち》は午後七時十五分に到着した。約束より四十五分も早い。

いつもの習慣である。初対面の相手と会う場合、かならず先に来て相手を待つ。一時間以上前に来ることもある。やくざもそうらしい。目的はもちろん、会話のイニシアチブを握るためだ。

天井の高い広々としたロビーに併設《へいせつ》されたティールームには、仕立てのいいスーツに身を包んだビジネスマンが散見した。

これから階上の高級レストランで豪華ディナーを食するのだろう、ゆったりしたソファに身を預けて談笑中――さすが都内でも屈指のハイブランドホテルだけあって、どの顔にも成功者の余裕がうかがえる。

大地もテーブルにノートパソコンを出すような野暮な真似はせず、一杯二千円もするコーヒーをじっくりと味わった。正直、コンビニの百円コーヒーとたいして変わらない気がしたが、味なんてどうでもいい。成功者の余裕を少しばかりお裾《すそ》分《わ》けしていただきたい。

やがて、待ち人が姿を現した。キョロキョロしていたのですぐにわかった。大地が立ちあがって笑みを浮かべながら眼を合わせると、彼女はおずおずとこちらに近づいてきた。

「佳苗《かなえ》さん？」

大地が訊《たず》ねると、

「ええ、はい……」

うなずきつつ、怪訝《けげん》な表情でこちらの様子をうかがってきた。

「あなたが……『人妻の達人』？」

「そうです。とりあえず座りましょう」

大地は佳苗にソファを勧め、自分も腰をおろした。

コートを脱いでソファに座っても、佳苗はまだ怪訝な表情のままだった。いささか愛想が足りないが、無理もない。

大地は「人妻の達人」というハンドルネームでネットに出没している、まあ、言ってみればナンパ師のようなものだった。人妻専門で、一夜限りの情事を楽しむ――評判は悪くない。おかげで、最近ではその評判に釣られ、向こうからコンタクトをとってくる者も少なくなかった。目の前の佳苗のように……。

とはいえ、自分の容姿が「人妻の達人」という看板からかけ離れていることを、大地は自覚していた。チャラいホストふうでもなければ、ワイルドなちょいワルおやじでもない。

年は二十八。童顔なので、いまだに大学生に間違えられることもある。清潔でいることを心掛けているが、スーツも靴も腕時計も身の丈《たけ》に合った廉価品《れんかひん》なので、どこにでもいる平凡な若いサラリーマンに見えるはずだ。

男は見てくれではなく中身なのである。

容姿が普通でも、「人妻の達人」を名乗っている以上、相手を失望させたことはいままでにほとんどなかった。いつだって準備を万端に整え、人妻とのデートに臨《のぞ》むからである。

「こういうところで待ち合わせするのも、達人の技なのかしら？」

バスが一時間に二本しかない山梨の田舎町《いなかまち》に住んでいるという佳苗は、高級ホテルのティールームがよほど珍しいらしく、なかなか視線が定まらなかった。ウエイターがやってきてあわててメニューを開くと、値段の高さに息を呑《の》み、いちばん安い紅茶を頼んだ。

「せっかく都会での逢瀬《おうせ》でしょう。非日常感を味わってもらいたくて、このホテルを選びました」

大地がニコニコしながら言うと、佳苗はふんっと鼻で笑い、これ見よがしに眉《まゆ》をひそめた。

「そんなこと言ったって、どうせ……」

お茶を一杯飲んだら暗い路地裏のラブホテルに移動するんでしょう、と彼女の顔には書いてあった。

大地はやはりニコニコ笑いながら、テーブルにルームキーを置いた。その高級ホテルの名前が記されていたので、佳苗は持ちあげたティーカップを口に運ぶことも忘れて、まじまじと大地の顔を見つめてきた。

こう言っては申し訳ないけれど、佳苗はいかにも垢抜《あかぬ》けない雰囲気で大地の前に姿を現した。やたらと丈の長いグレイのコートに、臙脂《えんじ》のマフラー。どちらも年季が入っている。高級ホテルの部屋にエスコートするのに相応《ふさわ》しい、エレガントなレディとはとても言えない。

だが、そのギャップが大地にはたまらなかった。佳苗にも場違いな自覚はあるらしく、脱いだコートを抱きかかえるようにして猫背になっている。顔を緊張でこわばらせて……。

可愛いな、と大地は内心でほくそ笑んだ。

そう、女もまた、見てくれではなく中身なのである。幸いというべきか、佳苗は眼の大きなチャーミングな顔立ちをしていた。メイクや装《よそお》いを頑張ればそれなりに見映《みば》えがよくなりそうだったが、そんな必要はない。彼女が求めているのはセックス——どうせすぐに生まれたままの姿になる。

グレイのコートの下は、淡いピンクのアンサンブルだった。スカートはタイトな白。服を着ていてもムチムチした体形を隠しきれず、年は三十と言っていたが、実はもう少し上なのかもしれないと思った。

大地は彼女と何度となくＬＩＮＥでメッセージを交換していた。といっても、個人情報は専業主婦であることと、山梨の田舎町に住んでいることとくらいしか知らない。

――「人妻の達人」って、どうやって女を満足させるわけ？　具体的にどこがどう達人なのかしら？

彼女は性的な好奇心を隠しもせず執拗《しつよう》に訊ねてきたが、大地はいつも答えをはぐらかした。

――そういうのは言葉では伝えられませんよ。実際に経験してもらわないと。

――じゃあ、今度東京に行く用事があるから、そのときに会わない？

誘ってきたのは、彼女のほうからだった。

大地はネット上で、人妻と一夜限りのデートを楽しむことを公言している。ベッドインありのデートである。つまり、「会いたい」というのは、「セックスしてもＯＫ」という意味だ。

数多くの地方在住の人妻とネット上で交流している大地であるが、自分から彼女たちの地元に出向くことは基本的にない。

それもまた、公言しているいつものやり方だった。相手の地元では誰かに見られるなどトラブルになる恐れがあるし、上京するときに会ったほうが、人妻たちも羽目をはずしやすいからである。

「まさか、このホテルに泊まるの？」

大地がテーブルに置いたカードキーを見ながら、佳苗が訊ねてきた。大きな眼を丸くし、わざとらしく何度もまばたきまでして……。

ナイスリアクションに拍手したくなった。なるほどこのホテルは、平凡な若いサラリーマンがセックスのために利用するには高級すぎる。

実際、ルームチャージだけで五万円近くするのだが、大地は抜け道を知っていた。当日割引を賢く使えば一万円台、つまりラブホテルに泊まるのとさして変わらない料金で利用できるのだ。少々手間はかかるものの、高級ホテルにエスコートされて喜ばない人妻はいない。彼女たちは性欲をもてあましているだけではなく、特別扱いでちやほやされることに飢《う》えている。

「佳苗さんほどの女性と一夜をともにするのに、窓のないラブホテルじゃあんまりでしょ」

大地は佳苗をうながし、ティールームを出た。階上に向かうエレベーターに乗りこむと、彼女は眼を伏せて押し黙ってしまった。

こわばって色を失った表情から、緊張だけが伝わってきた。高鳴る心臓の音まで聞こえてきそうだった。

一方、先制攻撃を見事に決めた大地は、年上の人妻を前にしても、余裕綽々《よゆうしやくしやく》だった。とはいえ、もしかすると左胸の奥にある心臓は、佳苗以上に高鳴っていたかもしれない。

間近で見ると、太めの眉とクリッと大きな眼が印象的な女だった。セーラー服を着ていたころは、クラスでいちばんの美少女だったような気さえする。いや、セーラー服より体操着が似合いそうなタイプだろうか。短パンから太腿《ふともも》を剝《む》きだしにして走っている姿が、眼に浮かぶようである。

顔も素敵だが、淡いピンクのアンサンブルに包まれたムチムチなボディはそれ以上だった。生活感さえ漂ってきそうな肉づきのよさが、大地のストライクゾーンのど真ん中と言っていい。

昨今の女たちは、猫も杓子《しやくし》もジムに通ったり、ヨガに熱中したりして、ガリガリに痩《や》せようとしているが、いかがなものだろう？　おしゃれを楽しみたい若い女ならともかく、アラサーやアラフォーにはそれに相応しい肉づきがある。むろん例外はあるけれど、ガリガリに痩せた女よりは、ぽっちゃりタイプの女のほうが、抱き心地は絶対にいい。

四十二階の部屋に入ると、佳苗はエレベーターの中での緊張から解き放たれたように、タタタッと小走りで窓に向かった。自称三十歳の人妻であることさえ忘れてしまったような、子供じみた振る舞いだった。

「うわっ、すごい！」

レースのカーテンを開けた佳苗は、眼下にひろがる宝石箱をひっくり返したような夜景を見て歓声をあげた。

大地も内心で快哉《かいさい》の声をあげたかった。夜景ごときでこれほど手放しで喜んでくれるなんて、普段女として扱われていない証拠だった。もちろん、そうでなければ、「人妻の達人」とコンタクトをとることもなかったろうが、期待はふくらんでいくばかりである。いまならいきなりフェラチオを頼んでも、喜んで咥《くわ》えてくれるのではないだろうか。

もちろん、焦《あせ》ってそんなことをする必要はどこにもなかった。夜はまだ始まったばかりである。

佳苗は抱き心地がよさそうな女だった。服の上からでも脂《あぶら》ののっているのがよくわかる背中と、白いタイトスカートをパツンパツンにしている豊満なヒップ――後ろ姿から伝わってくる欲求不満とそれを満たされない哀愁《あいしゅう》が、人妻らしいとしか言い様のない濃厚な色香《いろか》となって、大地を悩殺してきた。

「綺麗ですよね……」

背後から身を寄せていった。

「上から見ると、東京って本当に素晴らしい街だなって思いますよ」

「調子のいいこと言ってぇ」

佳苗は振り返り、憎々しげに鼻に皺《しわ》を寄せた。

「どうせ毎回使ってる手なんでしょ」

「否定はしませんけどね」

大地は佳苗の双肩《そうけん》に両手を置いた。

「豪華なホテルで乱れてもらうのが好きなもので」

手のひらを、肩から二の腕にすべらせていく。指がほんの少し胸のふくらみに触れただけで、佳苗は「あんっ」と小さく声をもらして身をすくめた。

「乱れたいんですよね？」

「そういうこと……言わせないで……」

佳苗は声を震わせた。大地の両手はすでに、豊満な隆起《りゅうき》をまさぐっていた。突きだした丸みを愛《め》でるように、さわさわと……。

「リクエストがあったらいまのうちにどうぞ」

「リクエストって？」

佳苗は身をよじりながら言った。

「クンニはクリトリスがふやけるほど舐めてほしいとか」

「もう！　そういう露骨《ろこつ》な話、嫌い」

「ロマンチックなほうがいいんですね？」

「そうよ。女の子はみんなそうでしょう？」

自称三十歳、実際はたぶんもう二、三歳上のくせに、女の子とはずいぶん大きく出たものだ。大地は内心で苦笑した。服の上からちょっと胸を触っているだけで、身をよじりはじめているくせに……。

だが、そういう女は嫌いではなかった。心は女子高生でも体は人妻――一夜をともにするのに、これほど楽しめそうな相手はいない。

「……ぅんっ！」

唇を重ねた。それも夜景効果なのか、キスをする前から佳苗はうっとりした眼つきをしていた。じっくりと時間をかけて舌を吸ってやると、瞳が潤《うる》みはじめてきた。お互いに、もう夜景など見ていなかった。

大地はキスを続けながら、佳苗の服を脱がしはじめた。いつだって胸のときめく瞬間だが、淡いピンクのアンサンブルの下から現れた下着に、度肝《どぎも》を抜かれてしまった。

2

佳苗のブラジャーは白だった。可憐《かれん》なレースや刺繍《ししゅう》に飾られているわけでもなければ、つやつやしたシルクのような特別な素材でもない、カップの大きさばかりが目立つプレーンな白いブラジャーだ。

(ダッ、ダサい……)

大地は思わず胸底《きょうてい》でこぼしてしまった。三十代の人妻で、しかもセックスをする前提で家を出てきているはずなのに、この白い下着はいくらなんでも……。

スカートを脱がすと、パンティもやはり白だった。ハイレグでもなければバックレースもついていないパンティが、ナチュラルカラーのパンティストッキングに透《す》けていた。

(わざとか？　わざとなのか？)

大地の心臓はにわかに早鐘《はやがね》を打ちはじめ、

「そんなに見ないで」

佳苗はもじもじと身をよじった。彼女の心は、本当に女子高生のように清らかなのかもしれない。しかし、女子高生が着けていれば清潔感たっぷりの白い下着も、三十代の人妻が着けているのは看過《かんか》できない。見逃すことができないほど卑猥《ひわい》である。

ダサさはエロさだった。ダサいがゆえに、滲《にじ》みでてくる色香がある。佳苗のボディは女子高生のように薄べったくなく、胸もお尻もいやらしいくらい突きだしている。早く揉《も》みくちゃにして、と誘うような丸みがある。

「たまりませんよ」

あやうく口走ってしまいそうになり、大地は言葉を選んだ。ここはまだ、露骨な言葉責めで羞恥心《しゅうちしん》を煽《あお》るタイミングではない。

「可愛いですよ」

耳元でささやくと、佳苗の頬《ほお》は赤く染まった。大地はベッドにうながすと、彼女の体を横たえ、ストッキングを脚から抜いた。

「ああっ……」

パンティとブラジャーだけにされた佳苗は、赤く染まった顔を両手で覆《おお》い隠した。下着がダサいだけではなく、人妻のくせにブリッ子のようだった。それも計算ではなく天然のカマトト……。

大地はズボンを突き破りそうな勢いで勃起《ぼっき》していた。若いブリッ子やカマトトには興味はないが、人妻となると話は違う。肉の悦《よろこ》びを知り尽くしているくせにそんな態度をとるなんて、そそられずにいられようか。モデル体形の美女に堂々と下着姿をさらされるより、何百倍も興奮してしまう。

あわててスーツを脱ぎ、ブリーフ一枚になった。

大地はいつも、人妻とデートするときにシナリオを用意している。実際に書くわけではないが、メッセージのやりとりで得た情報を元に、もてなし方をあれこれ考えてくる。

今日も当然それがあったが、佳苗の白い下着とおぼこすぎるリアクションのせいで、すべて吹っ飛んでしまった。

興奮のままに横側から身を寄せていき、唇を重ねた。人妻のくせに清純さを主張してやまない純白の下着——それに包まれたムチムチボディに、汗ばんだ手のひらを這《は》いまわらせた。

佳苗は色が白かった。肌には張りがあり、湯玉さえはじきそうで、触り心地が極上だった。ムチムチのスタイルには生活感が滲んでいるが、素肌のなめらかさだけなら二十代前半でも通りそうだ。

「ねっ、ねえ……」

佳苗は早くも息をはずませながら言った。

「さっきの話、本当？」

「なんの話です？」

「だから、その……他の人には、本当にクリがふやけるほど舐めてるの？」

「ええ」

「どれくらい？」

「お望みなら、三十分でも一時間でも」

佳苗は大きく息を吞んだ。

「いっ、嫌な匂いとか……するでしょう？」

「なに言ってるのかわかりません」

「わたし……クンニって、されたことない……」

佳苗は燃えるように熱くなった顔を、大地の胸に押しつけてきた。

（なるほどね……）

ひと口に人妻と言っても、人それぞれタイプが違う。密室でふたりきりになるなり欲求不満を露《あら》わにし、恥《はじ》も外聞《がいぶん》も捨ててむしゃぶりついてくる女もいるが、意外とそれは少数派だ。

大地の印象では、ネットの出会い系でさまよっているような人妻は、あまり遊びを知らず、経験が伴《ともな》わないまま妄想ばかりをふくらませているタイプが多い。耳年増というやつである。それにしても、クンニリングスが未経験というのは初めてだった。

「それじゃあ、今日がクンニ初体験ですね」

白い太腿を撫《な》でさすりながらささやくと、佳苗は耳まで真っ赤にして、太腿をしきりにこすりあわせた。

「べつに……どうしてもしてほしいってわけじゃ……ないけど……」

言いつつも、純白のパンティがぴっちりと食いこんだ股間からは、妖《あや》しい熱気が漂ってきた。首筋あたりも、妙に汗ばんでいる。すでに発情しはじめているのは、一目瞭然《いちもくりようぜん》である。

「恥ずかしがることないですよ。誰でもしてることですから」

「誰でも？」

「ご主人がクンニをしてくれなくなったから、離婚を考えてるって人がいましたね。つまり、それだけ気持ちがいいんですよ」

　佳苗は言葉を返さず、ごくりと生唾《なまつば》を呑みこんだ。

「わたし、シャワー浴びてきます」

　ベッドから抜けだそうとしたが、大地はもちろん許さなかった。横側から抱きしめ、いやいやと身をよじる佳苗の顔をのぞきこんだ。

「もうエッチが始まってるのに、野暮なこと言わないでくださいよ」

「でも匂いが……一日中蒸れてたし……」

　それを嗅《か》がれて恥ずかしがってるあなたの顔が見たいんですよ、と大地は胸底でつぶやいた。

「恥ずかしいですか？」

　コクン、と佳苗はうなずいた。

「じゃあ、ひとつ提案があります」

「提案？」

「実はプレゼントを用意してあるんですよ」

　大地はベッドの下からバッグを取り、ふたつの包みを出した。どちらも透明のビニールに入ったランジェリーだった。色は赤と黒。

「こういうセクシーな下着を着ければ、別人に変身できますよ。いつもの奥さんじゃなくて、大胆な女になって自分からクンニを求められる」

「そんなこと言われても……」

佳苗はもじもじと身をよじりながらも、大地の用意したセクシーランジェリーに視線を奪われていた。実際、それは美しいレース製で、女の素肌をことさらエロティックに飾りそうな代物《しろもの》だった。

ただ、赤と黒では布のサイズが大きく違う。赤のほうが圧倒的に小さく、バストトップと陰毛くらいしか隠せそうもないことは、ビニール袋に入った状態でもわかる。

「どっちでも好きなほうを選んでください」

「でも……」

「プレゼントなんですから、遠慮しないで」

「ううっ……」

佳苗は恨《うら》めしげに大地を睨《にら》みながら、黒のほうを手にした。

かかったな、と大地は内心でほくそ笑んだ。

「それじゃあ、早速着けてみてください」

佳苗はベッドからおりると、こちらに背中を向けて白い下着を脱ぎはじめた。脂ののった背中に食いこんだブラジャーのバックベルトがいやらしすぎて、大地は思わず身震いした。

「エッチね、もう」

白いブラジャーとパンティが次々と取られていった。裸の後ろ姿にも眼福《がんぷく》を覚え、むしゃぶりついていきたくなったが、ぐっとこらえる。

佳苗が選んだセクシーランジェリーは、黒いボディストッキングだった。極薄の黒いナイロンが、四肢《しし》をぴったりと包みこむ。体はもちろん、両手両脚まで……。

「えっ？　ええっ？」

人妻らしく熟《う》れた体をボディストッキングにねじこんだ佳苗は、焦っているようだった。後ろ姿からでもはっきりとわかった。

布の大きさだけで黒いボディストッキングを選んだ彼女は、大事なことを見落としていた。

赤いランジェリーはバストトップと股間だけを隠すデザインだが、黒いボディストッキングは逆に、バストトップと股間にだけ穴が開き、隠すべき女の秘所が見えているのである。

「なっ、なんなの、これ……」

佳苗は焦るばかりでこちらに振り返ることさえできない。

大地はベッドからおりると、佳苗の双肩をつかんだ。ビクッとした彼女の体の前面をニヤニヤしながらのぞきこめば、豊満なバストの頂点が、黒いナイロンから露出していた。淡いあずき色の乳暈《にゅううん》が……。

「どっ、どうして、こんないやらしい格好しなくちゃならないのよ」

佳苗は眼を吊りあげて睨んできたが、それはもちろん、恥ずかしさを隠すためだった。そして、恥ずかしさの向こう側には、いつだって未知の快楽が待ち受けている。

「素敵ですよ」

大地はささやきながら、佳苗をベッドに座らせた。さらに両脚を大きくひろげて、背中を丸めていく。

「ああんっ、いやっ」

佳苗の抵抗は弱々しいものだった。いやらしすぎるボディストッキングを着けてしまったショックから、まだ立ち直れていなかった。大地は彼女を逆さまにし、マングり返しの体勢に押さえこんだ。

「いっ、いやあっ……」

佳苗は真っ赤に染まった顔をひきつらせた。大股開きになっている両脚の間には穴が開いていた。黒く茂った陰毛からアーモンドピンクの花びらまでがすっかり露わになっている。

「いい眺めですよ」

大地がニヤニヤしながらささやくと、

「いっ、意地悪っ！」

佳苗はいまにも泣きだしそうな顔で叫んだ。

「なにが『人妻の達人』よ。達人だったら、もっとやさしくしてよ。こんな意地悪なこと……」

「べつに意地悪なんてしてませんよ」

大地は陰毛にふうっと息を吹きかけた。人より濃いめの草むらが揺れ、佳苗はますます泣きそうな顔になる。

「だって奥さん、興奮してるでしょ？」

「してませんっ！」

「嘘ばっかり。すごい匂ってきますよ。いやらしい匂いが……」

花びらに顔を近づけ、くんくんと鼻を鳴らしてやる。

「やっ、やめてっ！　嗅がないでっ！　匂いを嗅がないでっ！」

「じゃあ、すぐに舐めはじめましょうか？」

ダラリと舌を伸ばすと、佳苗は大きな眼を見開いて息を呑んだ。

「生まれて初めてのクンニ、思う存分味わってくださいね……」

言いつつも、すぐには舐めない大地だった。いやらしいほど匂いたつ花びらに舌を触れさせることなく、指で割れ目をひろげた。露わになった薄桃色の粘膜を凝視《ぎょうし》しては、ふうっと息を吹きかけてやる。女の匂いを孕《はら》んで跳ね返ってくる自分の吐息を、胸いっぱいに吸いこんでいく。

「ああっ、やめてっ……あああっ……はぁあああっ……」

まだ息を吹きかけられているだけなのに、佳苗の呼吸はにわかに切迫していった。

（エロすぎる眺めだな……）

黒いボディストッキングによって、佳苗はすっかり変身した。カマトトぶった白い下着を着けていたときよりずっとセクシーになっていることは、彼女も自覚していたはずだった。

とはいえ、いきなりマンぐり返しにされるとは思っていなかっただろう。女にとっては、顔と大股開きの中心を同時に見られる屈辱《くつじょく》的な格好だ。しかも、ボディストッキングの股間には穴が開いているから、大地が舌を伸ばせば、剝きだしの女の花を舐められる。

「いやっ！　いやっ！　こんな格好、許してちょうだいっ！」

佳苗はしきりに首を振っているが、股間から漂ってくる発情の匂いは濃厚になっていくばかりだった。夜景の見える高級ホテル、セクシーランジェリー、そしてマンぐり返し——すべてが一緒くたになって、彼女の性感を刺激しているに違いなかった。恥ずかしささえ、いまの佳苗にとっては蜜をあふれさせる極上の刺激なのだ。

彼女は山梨から高速バスに乗って、わざわざ東京までやってきた。用事のついでのようなことを言っていたが、あやしいものだ。メインイベントはセックスに決まっている。この熟れたボディに溜《た》めこんだ、欲求不満を思いきり吐きだしたいのである。

「舐めますよ……舐めちゃいますよ……」

大地は舌を伸ばし、意地悪くフェイントをかけてやった。まだ舐めていない。生まれて初めてのクンニリングスを、そう簡単に体験させては面白くない。

「舐めてほしいんでしょう？　なら、そう言ってくださいよ」

「知らないっ！　意地悪するなら、クンニなんてしなくていいっ！」

「そんなこと言って……ここはすごく舐められたがってますよ」

大地は親指と人差し指を花びらの縁《ふち》に添え、割れ目を閉じたり開いたりした。薄桃色の粘膜はすでに発情のエキスでトロトロに蕩《とろ》けて、ほんの少し指で触れただけで、いやらしすぎる糸を引いた。

「あああっ……あああああっ……」

佳苗はいまにも泣きだしそうな顔であえいでいる。マングリ返しの体勢なので、股間で糸を引いている様子が自分でも見えるのだ。恥辱《ちじょく》に身悶《みもだ》えながら、宙に浮いた足をバタつかせる。

大地は執拗に、割れ目を閉じては開き、開いては閉じた。ぷっくりと肥厚《ひこう》したアーモンドピンクの花びらが、指先に興奮を伝えてきた。トロトロに蕩けた薄桃色の粘膜が、早く舐めてと悲鳴をあげているようだ。

大地は割れ目を閉じた状態で、花びらの合わせ目をツツーッと舐めた。触れる

か触れないか、ごく軽い舐め方だったにもかかわらず、

「はっ、はぁうう――っ！」

佳苗は大げさな悲鳴をあげた。ピンク色に染まった顔を、くしゃくしゃに歪《ゆが》めきった。

「舌って気持ちいいでしょう？　生温かくて、ヌメヌメしてて……」

大地はささやきながら、ツツーッ、ツツーッ、と花びらの合わせ目を舐めあげていく。佳苗はもう悲鳴をあげず、逆に唇を引き結んで声をこらえている。この期《ご》に及んで羞《は》じらい深さを発揮するところが、たまらないブリッ子さ加減だ。

上の口とは裏腹に、下の口は正直だった。花びらの合わせ目が次第にじわじわと開いていき、はしたないほど大量の蜜をあふれさせてしまう。

大地は唇をそっと押しつけ、じゅるっ、と音をたてて蜜を啜《すす》った。

「あああっ……」

佳苗がいやいやと首を振る。

「おっ、音をっ……音をたてないでっ……」

言いつつも、その眼は欲情に潤みきっていた。さらなる刺激を求めていることは、火を見るよりもあきらかだ。

大地は全神経を舌先に集中した。これが生まれて初めて経験するクンニなら悪い思い出にするわけにはいかないと、慎重に舌先を操《あやつ》る。

ざらついた舌の表面はなるべく使わず、つるつるした舌の裏側で薄桃色の粘膜を舐めまわした。ぱっくりと開ききった花びらの内側を、繰り返し繰り返しなぞってやる。

「ああっ、いやっ……いやあああっ……」

悶える佳苗の顔はもう真っ赤で、たまらなくいやらしいことになっている。いくら声をこらえようとしても、あふれ出てしまうものがある。舌がクリトリスに接近していくと、「あううっ！」とか「はううっ！」とか、獣《けもの》じみた悲鳴をあげる。

このまま一度イカせることもできそうだったが、大地はあえてマングリ返しの体勢を崩した。せっかく悩殺ボディストッキングを着けさせたのだから、もう少し眼福を味わいたい。

佳苗は天井を見上げハアハアと息をはずませている。

「えっ？　ええっ？」

手を取ってベッドからおろすと、訳がわからないという顔をした。初めてのクンニは相当インパクトがあったようで、放心状態に陥《おちい》っているようだ。

大地が彼女をうながしたのは、部屋の隅にある鏡台だった。鏡に向かって両手をつかせ、尻を突き出させた。立ちバックの体勢だ。

「すごいエッチな格好でしょう？」

尻を撫でながらささやいてやると、

「知らないっ！」

佳苗は顔をそむけたが、横眼でしっかり鏡を見ていた。

大地が想像していたよりずっと、彼女は黒いボディストッキングが似合っていた。伸縮素材でスタイルにメリハリをつけられるから、完熟のムチムチボディがよりいっそうセクシーに見える。

しかも、乳房の先端には丸い穴が開いている。物欲しげに尖《とが》ったあずき色の乳首が露わである。さらに、突きだした尻の中心にも穴が開いているから、桃割れの奥に咲いた女の花が丸見えだ。

「どうでした？　初めて経験したクンニは？」

大地は尻の桃割れに指を這わせていった。すでにヌルヌルになっている花びらをいじりはじめた。

「そっ、そんなこと言われてもっ……」

佳苗は左右に尻を振りたてて、指の刺激から逃れようとした。

「前を見てくださいよ」

大地はクックッと喉《のど》を鳴らして笑った。

「エッチな格好でお尻振って、いやらしいことをせがんでるみたいだ」

「そっ、そんなこと……ありません」

いくら首を振って否定しても、尻の動きはとまらない。大地が絶え間《たま》なく指でいじりまわしているからだ。花びらのヌメリを指に挟んで味わっては、浅瀬にヌプヌプと指先を差しこむ。凹《くぼ》みはすでに、指が泳ぐほど濡れている。

大地は佳苗の後ろにしゃがみこんだ。左右の尻丘をぐいっとひろげると、アヌスが見えた。色素沈着の少ない、綺麗なセピア色をしていた。

「お尻の穴まで、ひくひくしてますよ」

ふうっと息を吹きかけてやると、アヌスはキュッとすぼまり、

「いやあぁっ……」

佳苗は情けない声をもらした。

「やっ、やめてよ、大地くん……そんなところは舐めないでよ……はっ、はぁあ

ああーっ！」

舐めるなと言われると逆にどうしても舐めたくなる男の心理を、佳苗は理解していなかった。そもそも立ちバックの体勢で尻を突きだしている女を前にして、アヌスを舐めないという選択肢なんてあるはずがない。

「やっ、やめて……そこはやめて……お尻の穴は舐めないでえーっ！」

悲鳴をあげても佳苗が逃れられないのは、大地が後ろのすぼまりを舐めながら、前の穴に指を入れているからだった。アヌスを責める前に中でしっかりと鉤《かぎ》状《じょう》に折り曲げたので、佳苗は尻を逃がすことができない。

「すごい濡れてますよ」

大地はアヌスを舐めまわしながら、鉤状に折り曲げた指を抜き差しした。ゆっくりとやっても、じゅぼっ、ずぼっ、と卑猥な肉ずれ音がたつ。

「ああああっ、ダメッ……ダメようっ……」

佳苗が足踏みして、豊満な尻や太腿を震わせる。三十代の人妻のくせに、初々《ういうい》しい反応である。さすが心は清らかな女子高生だ。

「気持ちいいでしょう？」

一方の大地は、余裕綽々だった。アヌスを舐めつつ肉穴に指を入れ、空いていた左手で、今度はクリトリスを刺激しはじめる。

まだ包皮《ほうひ》に埋まった状態だが、剝《む》き身《み》にするまでもない。女の急所を三点同時に責められた佳苗は、早くもひいひいと喉を絞《しぼ》ってよがりはじめた。

「あああっ、ダメッ……ダメよっ……おかしくなる……そんなにしたらおかしくなっちゃうっ！」

みるみる大量の蜜があふれだしてきて、内腿《うちもも》が光りだした。すぐにでもイッてしまいそうだった。肉穴に埋めた指でGスポットを刺激してやれば、潮《しお》まで吹きそうだったが、大地は愛撫《あいぶ》をやめて立ちあがった。

「奥さんの反応があんまりいいんで、我慢できなくなっちゃいましたよ」

もっこりとふくらんだブリーフの前を、突きだされた尻丘に押しつけた。丸々とふくらんでいる尻肉に、勃起の硬さが伝わったはずだった。

大地と佳苗は、鏡越しに視線を合わせた。佳苗は眼を見開いている。まばたきも呼吸も忘れて、じっとこちらを見つめてくる。

「入れていいですか？」

佳苗は息をとめたまま、眼を泳がせた。視線を合わせないで、小さくうなずいた。

大地はブリーフを脱ぎ捨て、勃起しきったペニスを反《そ》り返らせた。湿った音をたてて臍《へそ》を叩いた肉棒に、熱い視線を感じた。

「なっ、舐めてあげましょうか？」

佳苗が言った。いかにも嫌々な感じだった。大地は首を横に振り、挿入《そうにゅう》の体勢を整えた。

「いまはいいです。一刻も早く、奥さんが欲しいから……」

それは嘘ではなかったけれど、大地流の計算高い気遣《きづか》いだった。いまのひと言は、佳苗にしては人妻らしい発言だった。たとえフェラチオが苦手でも、挿入前にそれをするのがマナーだとでも思っているのだろう。

とはいえ、人妻はたいてい、フェラチオを求められることにうんざりしている。夫婦の営みがマンネリになると、夫が口腔奉仕《こうこうほうし》ばかり求めるようになるからだ。なので、まずはフェラチオをパスさせてやったほうが、安心してセックスに集中できるのである。フェラチオをしてほしいなら、みずから咥えてくるくらい発情させてやればいいだけだ。

「いきますよ」

狙いを定め、ゆっくりと入っていった。佳苗の中はよく濡れて、肉と肉とを馴《な》染《じ》ませる必要がないほどだった。

「あああっ……くぅううーっ！」

鏡に映《うつ》った佳苗が、せつなげに眉根《まゆね》を寄せた。いつ見ても、他人棒を咥えこむときの人妻の顔ほど卑猥なものはない。

3

いやらしいほどヌメヌメ湿った肉穴に、大地は時間をかけてペニスを入れていった。充分に潤みつつも締まりがよく、淫《みだ》らなくらい熱気も伝わってきて、名器の予感がひしひしとした。

「んんんっ……」

根元までペニスを埋めこむと、佳苗は体を小刻《こきざ》みに震わせた。立ちバックの体勢で繋《つな》がっていた。佳苗の顔は鏡に向いているが、うつむいてしまったので表情はうかがえない。

大地はすぐには動かなかった。佳苗のくびれた腰を両手でがっちりとつかみ、深く結合した状態をキープするだけで、なかなかピストン運動を送りこんでやらなかった。

やがて、焦《じ》れた佳苗が身をよじりはじめた。顔をあげ、鏡越しに恨めしげな眼を向けてきた。

それでも大地は動かなかった。刺激が欲しいなら自分で動けばいいとばかりに、くびれた腰から手を離し豊満な尻を撫でまわした。ボディストッキングを着用している彼女の尻は極薄の黒いナイロンに包まれ、たまらなくいやらしい触り心地がする。そこをフェザータッチでくすぐるように撫でてやれば、

「くっ、くううう……」

もう辛抱たまらないという風情《ふぜい》で、佳苗は動きはじめた。最初こそ遠慮がちだったが、尻をぐいぐいと押しつけて、腰をくねらせてきた。深々と咥えこんだ肉の棒を、濡れた蜜壺《みつつぼ》の中でこねまわす。

「あああっ……」

悩ましい声をもらしつつも、佳苗の顔は羞恥に歪んでいる。体は三十代の人妻でも、心はブリッ子女子高生の彼女のことだ。立ちバックで自分から腰を使ったことなどないのだろう。しかも、その体はエロティックなボディストッキングに包まれ、鏡の前に立っているのだ。

「ねえっ！」

突然、声をあげた。怒気《どき》を含んだ声だった。

「なんですか？」

大地がとぼけた顔でヘラヘラ笑うと、佳苗は鏡越しに涙眼を吊りあげて睨んできた。

「いつになったら動くのよ？」

「動いてほしいんですか？」

「当たり前でしょ」

「こんなふうに？」

大地はゆっくりと腰を引き、ペニスをずるっと抜いた。そしてもう一度、ゆっくりと奥まで入っていく。

すると、佳苗の顔はにわかに蕩け、鼻の下を伸ばしたいやらしすぎる表情を見せた。

「もっ、もっと！　もっとして！」

切羽《せっぱ》つまった声で訴えてきたが、ピストン運動はまだおあずけである。大地はペニスを深く埋めたまま腰をグラインドさせ、両手を佳苗の胸に伸ばしていった。極薄のナイロンに包まれた双乳《そうにゅう》を後ろからすくいあげ、やわやわと揉みしだいた。ずっしりと重みのある、いやらしい乳房だ。

「あああっ……」

佳苗が身をよじり、尻を振りたてる。大地はかまわず、重量感のある乳肉に指を食いこませていく。重みはあっても柔らかく、指が簡単に沈みこむ。

先端で尖っている乳首は、呆《あき》れるほど硬くなっていた。しかもそこは、ボディストッキングに穴が開いているから、直接触ることができる。

爪を使ってコチョコチョとくすぐってやると、

「あっ、あぁんっ……」

佳苗は甘い声を出して、息をはずませた。くすぐればくすぐるほど、彼女のあずき色の乳首は鋭く尖っていった。

(たまらないな……)

立ちバックの体勢で佳苗を深く貫《つらぬ》いたまま、大地はじっくりと乳首をいじり、乳房を揉みつづけた。ボディストッキングは背中が開いていたので、揉みながらねっとりと舌を這わせていく。

「はぁああっ……はぁあああっ……」

佳苗は淫らな声をこらえきれなくなった。大地は背中だけではなく、長い髪に隠れていたうなじまで、後《おく》れ毛《げ》がびっしょり濡れるほど舐めまわしてやった。

「ああんっ……はぁああんっ……」

上半身に愛撫が集中しているとはいえ、彼女はペニスを咥えこんでいる。腰をくねらせたり、足踏みしたり、しきりに刺激を求めているが、ピストン運動はまだおあずけの状態だ。

「意地悪しないでよ！」

佳苗が叫ぶように言った。

「早く突いて！　思いきり突いてちょうだい！」

「オマンコ突いてほしいんですか？」

露骨な台詞《せりふ》を浴びせられ、佳苗は一瞬怯《ひる》んだが、

「そっ、そうよ！」

意地になって返してきた。

「じゃあ、はっきりそう言ってください」

大地がニヤニヤし、佳苗の顔が歪みきる。

「ううっ……オッ、オマンコッ……オマンコ突いてほしいのよ！」

彼女はもう、恥の感覚も失うほど欲情しきっているらしい。鏡に映った彼女の

顔は、生々しいピンク色に染まりきり、さらに淫らに歪んで、よく見ると涙まで流していた。泣くほど刺激が欲しいのである。

心はブリッ子でも、体は熟れうれで疼《うず》きがとまらない。これぞ人妻を抱く醍醐《だいご》味《み》だと、ペニスはぐんと硬さを増したが、大地はそれを肉穴から抜いた。

「なっ、なんで……」

佳苗は限界まで眼尻を垂らし、鏡越しにやるせない顔を向けてきたが、大地は無視してその場にしゃがみ、体を反転させて彼女の両脚の間にもぐりこんだ。立ちバックの体勢のまま、前からクンニをするためである。

先ほどあえてあまり刺激しなかったクリトリスはすっかり剝き身となり、黒い草むらの中で真珠《しんじゅ》のように白く光っていた。つるつるした舌の裏側で、ねちねちと舐め転がした。と同時に、肉穴には指を入れてやる。Gスポットをぐっと押し、恥丘《ちきゅう》を挟んで外側と内側から、女の急所を挟み撃ちにしてやる。

「はっ、はぁあああああーっ！」

佳苗は悲鳴をあげ、肉づきのいい太腿をぶるぶると震わせた。大地がびっくりするほど激しい反応だった。結合とクンニでは刺激が違うから、もう少し戸惑うと思っていたのに、関係ないらしい。彼女の体の中はすでに、欲望でパンパンなのである。水をたっぷり含んだ風船のように……。

「ダッ、ダメッ！　そんなのダメえええーっ！」

佳苗はあっという間に欲情のピークに昇りつめた。指を抜き差ししてやると、手首にまで蜜がしたたってきた。

「イッ、イッちゃう……そんなにしたらイッちゃううう—っ！」

ビクンッ、ビクンッ、と腰を跳ねあげて、佳苗は絶頂に達した。大地はすかさず彼女の両脚の間から抜けだし、勃起しきったペニスで後ろから貫いた。そうしなければ、佳苗が膝《ひざ》を折ってしゃがみこんでしまいそうだったからだ。

「あああぁーっ！」

イッたばかりの肉穴を後ろからずぶずぶと貫かれた佳苗は、上ずった悲鳴をあげた。

「どうですか？」

大地は彼女の乱れた髪を直してやり、顔を鏡に向けた。

「クンニでイクのも悪くないでしょう？」

放心状態で呆然《ぼうぜん》としている佳苗は、声を返してくることもできない。舐めはじめて、三十秒くらいで絶頂に達してしまったのだ。しかも、今日がクンニ初体験。これはかなり恥ずかしいだろう。顔から火が出そうなほどかもしれない。

「無視しないで、クンニでイッた感想を聞かせてくださいよ？」

大地は佳苗の上体を引き寄せ、息のかかる距離で顔を見つめた。佳苗は甘えた顔でキスを求めてきたが、それには応《こた》えず、腰をグラインドさせてびしょ濡れの蜜壺をぐちゅぐちゅと掻《か》き混ぜてやる。

「くっ、くぅうっ……あああっ……」

佳苗はしきりに上半身をくねらせ、あえぎにあえぐ。

大地は本格的に腰を使いはじめた。立ちバックの体勢で、佳苗を後ろから突きあげた。パンパンッ、パンパンッ、と尻を打ち鳴らしてピストン運動を送りこむと、佳苗は髪を振り乱して淫らな悲鳴を撒《ま》き散らした。

「あああっ……はぁああっ……はぁあああああーっ！」

彼女にとっては、喉から手が出そうなほど欲しかった刺激である。直前にクンニで一方的にイカされた——その羞恥から逃れるためもあるのだろう、みるみる快楽の海に溺《おぼ》れていく。溺れることで、頭の中を真っ白にしようとする。

「こっちを見てくださいよ」

大地は声をかけた。

「眼を開けてしっかりこっちを見てないと、やめちゃいますからね」

「ああぁっ……いやあああっ……」

佳苗は真っ赤に染まった顔をくしゃくしゃに歪めながらも、ぎりぎりまで細めた眼で、鏡越しにこちらを見てきた。健気《けなげ》な人妻だった。いや、ただ単に、突きあげるのをやめてほしくないだけなのかもしれないが……。

「オマンコ締まってきましたよ」

大地はストロークを送りこみながら、尻の双丘《そうきゅう》を両手で揉みくちゃにした。乳房は熟女らしく柔らかかったが、尻の肉には若々しい弾力がある。人妻といっても、まだ三十代前半。熟れと若さを両方味わえるのが、この年代の人妻の醍醐味かもしれない。

「イキそうですか?」

肉穴が締まってきているのは、佳苗もわかっているはずだった。締まりがよくなれば密着感もあがり、快楽も深まる。

「どうなんですか?　イキそうなんでしょ?」

「ああぁっ……はぁあああぁっ……」

佳苗は半開きの唇から涎《よだれ》を垂らしそうな情けない顔で、コクコクとうなずいた。もはや言葉を継《つ》ぐことすら、ままならないらしい。

「イクときも、眼をつぶっちゃダメですからね」

大地はギアをひとつあげ、フルピッチで佳苗を突きあげた。パンパンッ、パンパンッ、と連打を放った。佳苗の悲鳴がとまる。息をとめて身構えている。大地はピッチを落とさず腰を使う。パンパンッ、パンパンッという乾《かわ》いた音だけが、高級ホテルのゴージャスな部屋に鳴り響く。

「イッ、イクッ……イッちゃううう……」

佳苗は鏡越しにすがるような眼で大地を見つめながら、声を絞りだした。次の瞬間、ビクンッ、と腰が跳ねあがった。さらに体中の肉が、ぶるぶるっ、ぶるぶるっ、と痙攣《けいれん》する。

「あああっ、イクッ！　イクイクイクッ……またイッちゃうっ……はっ、はぁああああーっ！」

泣き叫ぶような佳苗の声は、もはや羞じらうこともできず、獣じみていた。すべてを吹っきるような、耳に心地よい声だった。

# 4

大地がピストン運動をとめても、佳苗はしばらくの間、痙攣がおさまらなかった。オルガスムスの余韻《よいん》を嚙《か》みしめるように身をよじりながら、体中を小刻みに震わせていた。

「素敵ですよ」

大地は後ろから佳苗の乱れた髪を直してやった。真っ赤に染まりきった顔を鏡に映し、さわやかに笑いかけてやる。

佳苗は瞼《まぶた》をあげていたが、瞳の焦点は合っていなかった。イキきって呆然としていた。しかし、素敵と言ったのは嘘ではない。

人妻はイケばイクほど綺麗になっていく。恥や外聞を投げ捨てて、獣の牝《めす》になっていく。それもまた、人妻を抱く醍醐味のひとつだろう。

十秒もしないうちに、佳苗は腰をくねらせ、尻をもじもじ動かしはじめた。イキきってなお、次の絶頂を欲しがっていた。貪欲《どんよく》な女だった。大地はもちろん、貪欲な女が嫌いではない。

「はっ、はぁうううううーっ！」

再び腰を使いはじめると、佳苗は甲高《かんだか》い悲鳴をあげた。さらに綺麗になるために、オルガスムスへの階段を一足飛《いっそくと》びにのぼりはじめた。

「ああっ、ダメッ！　またイクッ！　またイッちゃうううーっ！」

涙眼で鏡越しにこちらを見ながら、佳苗は叫んだ。これで続けざまに三度も絶頂に達することになる。大地は腹筋に力を込め、連打を放った。パンパンッ、パンパンッ、と尻を打ち鳴らす音と、佳苗のあられもない悲鳴が淫らなハーモニーを奏《かな》でた。

「イッ、イクッ！　イクウウウーッ！」

ビクンッ、ビクンッ、と体中を痙攣させながらも、佳苗は鏡越しにこちらを見ていた。喜悦《きえつ》の涙で瞳は潤みきり、眼を閉じたくてしようがないようだった。

それでも必死になって視線を合わせてくる健気さに、大地の胸は躍《おど》った。人妻はイケばイクほど綺麗になるが、可愛らしくもなっていく生き物だ。

「……あふっ」

連打をとめると、佳苗はガクッと膝を折り、その場にしゃがみこんだ。快楽に翻弄《ほんろう》されるあまり、立っていられなくなったようだった。しかし、大地に休ませるつもりはない。三回続けてイッたくらいで、欲求不満の人妻が心の底から満足するとは思えない。

「奥さん……」

ハアハアと肩で息をしている佳苗の顔をあげさせ、彼女自身の愛液でネトネトに濡れているペニスを差しだした。

「あああっ……」

舐めてほしいと求める前に、佳苗は肉の棒を握りしめ、亀頭をぱっくりと咥えこんだ。自分の漏らしたもので濡れていることなど、気にもとめていない様子だった。

すぐに鼻息を荒らげ、「むほっ、むほっ」とペニスをしゃぶりあげてきた佳苗を見て、大地は満足げに腰を反らせた。

佳苗の口の中は大量の唾液《だえき》にまみれ、たまらなく心地よかった。唾液ごとじゅるっとペニスを吸いあげられると、気の遠くなるような快感が訪れ、両膝が小刻みに震えてしまったほどだった。

イカせる前に求めていたら、おそらくここまで情熱的にしゃぶってはくれなかっただろう。

しかし、いま彼女が口に咥えこんでいるものは、痛烈なオルガスムスを与えてくれた肉の棒。夫のものではなくても、もはや他人棒とは思えないに違いない。口のまわりを唾液でベトベトにして、本能でしゃぶってくる。

「気持ちいいですよ」

大地は佳苗の頭を撫でつつ、腰を動かしはじめた。大量の唾液にまみれた彼女の口の中にピストン運動を送りこむと、じゅぼ、じゅぼ、といやらしい音がたち、顎《あご》から唾液が糸を引いて垂れていった。

佳苗はフェラチオに慣れていないようで、ピストン運動を送りこんでいると、ひどく苦しそうな顔をした。いまにも白眼まで剝いてしまいそうだったが、絶頂の余韻に浸《ひた》っているいま、息苦しささえ快感なのかもしれない。

きりきりと眉根を寄せつつも、表情は淫らに蕩けていった。大地がかなり大胆に奥まで咥えこませても、拒《こば》む素振りも見せなかった。

「ベッドに行って、続きをしましょう」

大地は佳苗の手を取り、ベッドに移動した。佳苗は足元が覚束《おぼつか》なく、ふらついていた。横から腰を抱いてやると、黒いボディストッキングに包まれた肉づきのいい体は、いやらしいほど熱く火照《ほて》っていた。

佳苗をベッドにあお向けに倒した大地は、彼女の両脚をM字に割りひろげた。

再び挿入する前にひとつ、することがあった。

クンニである。それも普通のクンニではない。よく熟れた人妻の体をぴったりと包みこんでいる黒いボディストッキング——それを破りながら、びしょ濡れでぱっくりと口を開いた女の花を、ねちっこく舐めてやる。

「あああっ！　あああああーっ！」

ビリッ、ビリビリッ、と極薄のナイロンを破るサディスティックな音がするたび、佳苗は声をあげて身をよじった。

いままで薄布で覆われていた素肌に新鮮な空気を感じたせいもあるだろう。しかし、破る音そのものにも興奮しているようだった。

とくにマゾっ気《け》のない女でも、こういう非日常的なプレイは興奮する。大地も興奮していた。ビリッと破っては、露わになった素肌にキスをした。目立ちにくい内腿には、キスマークをつける勢いで吸ってやった。

「ああっ、なんなの……なんか変な感じ……」

刻一刻と素肌を露出されながら、佳苗は発情しきっていった。大地はボディストッキングを破りながらも、クンニを休んではいなかった。つるつるした舌の裏側で敏感な肉芽《にくが》を転がしては、極薄のナイロンを破り、それを脱がしては、割れ目にヌプヌプと舌を差しこんだ。

　佳苗は発情のエキスを漏らしつづけていた。シーツに手のひら大のシミができるほどだった。淫らに渦巻《うずま》く薄桃色の肉ひだには、コンデンスミルクのような白濁《はくだく》した本気汁まで付着している。

　ボディストッキングをすっかり破り、残滓《ざんし》を体から剝《は》がしてしまうと、佳苗は両手をひろげて大地に抱きついてきた。もう辛抱たまらないという表情で、大地の上に馬乗りになった。

「こっ、今度はわたしが上でいいわよね？」

　疑問形で訊ねていても、答えを待たずに右手をペニスに添え、挿入の準備を整えていく。大地の意見など、ハナから聞く耳をもっていない。

「大丈夫ですか？」

　大地はニヤニヤと意地の悪い笑みを浮かべた。

「奥さん、下手そうですけど……」

「えっ？」

　佳苗の顔がこわばった。図星のようだったが、

「そっ、そんなことないわよ……これでも、結婚七年なんだから……」

澄《す》ました顔をつくり、性器の角度を合わせて腰を落としてきた。

「んんっ……」

ずぶずぶとペニスを咥えこむなり、腰を動かしはじめた。必死に眉根を寄せ、エロティックな雰囲気を出そうとしているものの、彼女の腰使いはやはり、達者とは言えなかった。

「ああっ、いいっ！　いいいーっ！」

叫んでいても、股間を前後に振る動きがどうにもぎくしゃくしている。おそらく、結婚してもしばらくは性感が未成熟だったのだろう。羞恥心が強すぎて、本気で乱れられなかったのかもしれない。となると、夫も次第に抱く気をなくし、この二、三年はすっかりセックスレスといったところか。

気の毒と言えば気の毒な話だった。男と女には性欲のピークにタイムラグがある。男がやりたい盛りは女がその気にならず、女のやりたい盛りに男は枯れはじめる。あるいは他の女に眼が向いてしまう。

「きっ、気持ちいい？」

自分のぎくしゃくした動きがさすがに不安になったらしく、佳苗は上目遣《うわめづか》いで訊ねてきた。

「気持ちいいですよ」

大地はうなずいた。性技は拙《つたな》くとも、みずから男にまたがって喜悦をむさぼりたいという人妻の心模様に興奮していた。汗をかきながら必死になって下手な騎乗位に没頭している姿は、滑稽《こっけい》を通り越してただエロかった。

「でも、こうすればもっと気持ちよくなるんじゃないですかねえ……」

大地は佳苗の両膝を立てさせた。男の腰の上でM字開脚だ。

「こっ、こんなの恥ずかしいわよ……」

佳苗は激しく戸惑い、泣きそうな顔になった。なるほど、数ある体位の中でも、これはかなり恥ずかしい部類に入るだろう。

なにしろ、結合部さえ見えてしまいそうなのだ。佳苗の場合、陰毛が濃いからそこまではっきり見えないが、本人的には視線を感じているに違いない。硬く勃起した肉棒を、ずっぽりと咥えこんでいるところに……。

だがこの体位は、ただ女を恥ずかしがらせるためのものではない。いままでとは違う、刺激のヴァリエーションが楽しめる。

大地は佳苗の両腿を支え持ち、下から突きあげた。

「はぁうううーっ！」

たった一度突きあげただけで、佳苗は喉を突きだしてのけぞった。この体位は、下になっている男も動きやすい。しかも、股間に全体重がかかるから、普通の騎乗位より結合感がずっと深い。

ずんずんっ、ずんずんっ、と突いてやると、

「あああっ、あたってる！　いちばん奥にあたってるぅーっ！」

佳苗は髪を振り乱して激しくあえいだ。自分で腰を振っていたときとは、別人のような乱れ方だった。声の大きさなど、軽く三倍は出ているのではないか。

「見えてますよ」

大地は意地悪くささやいた。

「オマンコにチンポが刺さってるところ、丸見えですよ」

勢いよく突いて女体をバウンドさせれば、白濁した本気汁にコーティングされた肉竿《にくさお》が、実際に見えた。

「ああん、いやんっ……見ないでっ……」

佳苗は羞じらいつつも、開脚騎乗位の虜《とりこ》になっている。亀頭があたる場所を自分で調整し、どんどん発情のボルテージをあげていく。

「いやらしいな」

大地は下から両手を伸ばし、双乳を揉みしだいた。ボディストッキングに包まれていたせいもあり、彼女の素肌は淫らなほど汗にまみれ、ヌルヌルしていた。

「もっといやらしい女になりたいですか？」

佳苗は一瞬、顔をそむけて躊躇《ちゆうちよ》した。しかし、まだこの先に快楽があると知らされて、スルーできるほど我慢強い女ではなかった。真っ赤に染まった顔を羞じらいにひきつらせながら、コクコクとうなずいた。

大地は自分の親指を舐め、たっぷりと唾液をまとわせた。そしてその指で、包皮から顔を出している肉芽をはじいてやる。

「はっ、はぁあおおおおおーっ！」

佳苗は絶叫した。

「イッ、イッちゃうっ……そんなことしたらっ……すっ、すぐイッちゃうううーっ！」

「イッていいですよ」

大地はクリトリスを親指ではじきつつ、下から怒濤《どとう》の連打を放った。

「お腹いっぱいになるまでイキまくってください」

「ああっ、イクッ……イクイクイクウウウーッ！」

佳苗は髪を振り乱して泣き叫んだ。ビクンッ、ビクンッ、と腰を跳ねさせ、またもや恍惚《こうこつ》の彼方にゆき果てていった。

# 第二章　もう人妻しか愛せない

## 1

大地が人妻しか愛せなくなったのは、あるひとりの女との出会いがきっかけだった。

もう十年も前のことになる。

大地は十八歳で、浪人生だった。それほど志《こころざし》が高いほうではなかったから、予備校にも通わず、自宅でダラダラと勉強していた。おまけに夏になると、ひとり部屋に閉じこもっている単調な生活に飽きてしまい、アルバイトを始めた。宅配ピザのドライバーだ。

店は港区白金《みなとくしろかね》にあった。言わずと知れたセレブの集《つど》う高級住宅街だ。宅配先には有名タレントや大御所俳優の家があり、バイトの連中はいつもそれを話題にしていたが、誰もがいちばん気にしていたのは、有名人でもなんでもない柏木《かしわぎ》志乃《しの》という人妻だった。

いつも薄着で、ノーブラだからである。年は三十代半ばくらいだったろうか。眼鼻立ちの整った美人なのだが、常にぼんやりした眼つきをしていて、いかにも浮世離れしたお金持ちの奥さんという雰囲気の人だった。ノーブラでピザを受けとるのも、天然な性格ゆえのような感じがした。

大地は彼女が苦手だった。キャミソールに浮いた乳首とか、ニットの中で揺れはずむ豊満なふくらみは、童貞の十八歳には眼の毒すぎたからである。

それでも、順番であたってしまえば、ピザを運んでいくしかない。本当は誰かに代わってもらいたかったし、言えば代わってもらえただろうが、過剰に意識していると思われるのも嫌だったので、口には出さなかった。

夏の盛りのある日のことだ。

大地は志乃の家にピザを運んでいった。自分でも引いてしまうほど汗だくになっていて、タオルで顔を拭《ぬぐ》いながらマンションのエレベーターに乗りこんだことをよく覚えている。

志乃は低層マンションの三階に住んでいた。オートロックのエントランスを抜け、部屋の前でインターホンを押すと、志乃が長い髪を気怠《けだる》げにかきあげながら扉を開いた。ゆるやかにウエーブがかかり、毛髪量の多い彼女の髪は、それだけで女らしいアクセサリーのようなものだった。

白いワンピースを着ていた。ざっくりしたデザインで、ハワイとかグアムとか海外のリゾートが似合いそうなものだった。

裾丈《すそたけ》は長かったが、肩紐《かたひも》を首の後ろで結ぶタイプなので、上半身の露出度が異常に高かった。肩も胸元も二の腕も背中も剝《む》きだしだった。肌の白さが眼に染みた。ただ白いだけではなく、なんとも言えない透明感があった。

「いつもありがとう」

志乃の笑顔は、いつだってフニャッとしていた。大人のくせにアニメの声優のように声が可愛らしいから、気の抜けたサイダーのような表情や態度と相俟《あいま》って、とにかくふわふわしているように見える。なんというか、人妻なのに天使のようなのである。

大地はピザを渡して、早々に引きあげようとした。他のバイトは彼女と軽口を言いあったりしているようで、よくそういう話を耳にしていたが、大地は彼女と相対《あいたい》すると、眼を合わせることもできないくらい緊張してしまう。軽口なんてとんでもない感じである。

なにしろ、その日もノーブラだった。眼は合わせなくても、それだけはしっかりチェックしてしまう自分が情けなかった。白いワンピースなので、乳首の色まではっきりわかった。清らかな薄ピンクだった。

「どうもありがとう。またお願いね」

志乃がドアを閉めようとノブをつかんだときだった。いったいなにが起こったのか、突然ワンピースの肩紐がはずれ、胸当ての部分がハラリとめくれた。

乳房が見えた。

裾野《すその》にたっぷりと量感がある巨乳だった。びっくりするような迫力に、大地は声をあげることさえできなかった。

ふくらみのサイズに比例して乳暈《にゅううん》も大きかった。色は薄ピンクでも、大きすぎて卑猥《ひわい》な感じがするくらい……。

「やだ……」

志乃は剝きだしになった乳房を両手で隠し、咎《とが》めるような眼を大地に向けてきた。

「見たわね？」

目の前でワンピースの肩紐がはずれ、胸当てがめくれたのだから、見ないほうが難しかった。不可抗力で、どうしたって視界に入ってくる。

しかし大地は、

「見てません」

そう言って顔をそむけた。もちろん嘘だったが、こういう場合、見なかったことにするのがマナーだと思ったからだ。

「やさしいんだ」

志乃はふっと笑って大地の手を取った。彼女の手は少しひんやりしていた。抵抗することもできないまま、玄関の中に引きこまれた。背中でドアが閉まった。

「でも、嘘をつくのはいけないことよ」

「嘘なんて……」

「じゃあ、どうしてそんなことになってるの？」

志乃は大地の股間を指差した。ジーンズの前がもっこりふくらんでいた。責められても、蔑《さげす》まれても、しかたがないことなのかもしれなかったが、大地は言い訳できなかった。

別のことに気をとられていた。志乃は最初、露《あら》わになった双乳《そうにゅう》を両手で隠していた。左手で、大地の手をつかんで玄関の中に引っぱりこんだ。そして今度は、右手でこちらの股間を指差してきた。

つまり、胸を隠すことのできる手は、もうない……。

大地はまばたきも呼吸も忘れて、それを凝視《ぎょうし》してしまった。たわわに実《みの》った
プリンスメロンのような、特大の巨乳を……。

「みっ、見えてます！　見えてますよ！」

焦《あせ》った声をあげても、

「ふふっ」

と志乃は意味ありげに笑うばかり。

「一度見られてるから、恥ずかしくなーい」

おどけたように言いながら、ふたつのふくらみを揺らした。タップン、タップ
ン、と音まで聞こえてきそうだった。
「しっ、失礼します！」

もはや逃げるしかないとドアノブにしがみつくと、後ろから制服のシャツをつ
かまれた。

「まだ話が終わってないよ」

「はっ、話って？」

泣きそうな顔で振り返った大地を嘲笑《あざわら》うように、志乃が耳元に唇を近づけてくる。

「女はね……」

わざとらしいほどひそめた声で言った。

「見られると興奮しちゃうのよ。すごいドキドキしてる」

志乃はあらためて大地の右手をつかむと、ニンマリと笑いながら自分の左胸に押しつけた。乳房の上部だった。気が遠くなりそうなほどいやらしい感触が、むぎゅっと手のひらに伝わってきた。

「ね？　ドキドキしてるでしょ？」

志乃の鼓動《こどう》がどうなっているかなんて、大地にはまったくわからなかった。生まれて初めて触れた乳房の感触は、想像していたよりずっと柔らかく、素肌はなめらかだった。頭の中が真っ白になってしまい、大地の心臓こそ爆発しそうな勢いで高鳴っていた。

「ふふっ、触られたらもっと興奮してきちゃった」

志乃は息がかかる距離まで顔を近づけてくると、またわざとらしいほどひそめた声で言った。

「揉《も》んでもいいよ」

大地は言葉を返せなかった。揉んでもいいと言われても、体は金縛《かなしば》りに遭《あ》ったように指一本動かない。ただ、汗まみれの顔をひきつらせ、酸欠の金魚のように口をパクパクさせるばかりだ。

「なによう、揉んでもいいって言ってるのに」

志乃は拗《す》ねた少女のように唇を尖《とが》らせ、悔しげに地団駄《じだんだ》を踏んだ。

彼女はおそらく三十代半ばで、十八歳の大地よりずっと大人なはずなのに、態度はひどく子供じみていた。大地はそんな大人の女を初めて見た。

しかもタチが悪いことに、ボディだけはアダルトな色気が満載なのだ。志乃の乳房は大きいくせに垂れていなかった。パンパンに張りつめて立体感がすさまじく、ほんの少し体を動かすだけでいちいち揺れる。

その左胸に、大地の手のひらは押しつけられていた。手首をつかんでいる志乃は離す素振りさえ見せず、揉んでこいと言っている。

「かっ、勘弁してもらえますか……」

大地は涙声を震わせて言った。

「お客さんとこんなことしたことがバレたら、僕は……僕は……」

「アルバイト、馘首《くび》になっちゃう？」

コクン、と大地はうなずいた。

「えぇーっ、わたしいま、傷ついた。わたしのおっぱいより、アルバイトのほうが大事なんだ？」

大地は本当に泣きそうになった。バイトなんて馘首になってもいっこうにかまわなかったが、この状況が怖すぎて逃げだしたいのだ。

「わたしのおっぱいより、アルバイトのほうが魅力的な理由を三つ述べよ」

志乃は真顔で訊《たず》ねてきた。いつもふわふわ、へらへらしている彼女なので、真顔になったほうがふざけているみたいだった。

大地が黙ったまま言葉を返せないでいると、

「大丈夫よ」

志乃は声をひそめてささやいた。

「絶対バレないから、馘首になんてならないもん」

「ぐっ！」

大地は眼を白黒させて伸びあがった。

志乃の手のひらが、大地の股間を包みこんだからだ。ジーンズを突き破らんばかりに勃起《ぼっき》している男の器官を、さわさわと撫《な》でまわされた。

「こんなに硬くなってるんだから、女に興味がないわけじゃないんでしょう？」

カチャカチャと音がした。ベルトがはずされる音だった。

「キミが悪いんだよ。黙っておっぱい揉んでくれれば、わたしだってここまではしなかったんだから……本当はわたし、こんなことする軽い女じゃないんだから……曲がりなりにも人妻だし……」

ズボンとブリーフをめくりおろされ、大地は叫び声をあげそうになった。天井を向いてピンと勃《た》ったペニスは生《なま》っ白《ちろ》く、まだ女の中に入ったことがない。まじまじと見つめられると、顔が燃えるように熱くなった。

「さーて、キミはこれからどうされちゃうでしょうか？」

志乃が楽しげに訊ねてくる。

「一番、オチンチンをチュパチュパしゃぶられちゃう。二番、オチンチンをおっぱいでぎゅーっと挟まれる。三番……は想像して。ちょっと大胆すぎて、わたしからはとても言えない。ピザ屋さんのドライバーと、真っ昼間からエッチしちゃうなんて」

大地は激しい眩暈《めまい》を覚え、その場で卒倒してしまいそうだった。

2

志乃の住む低層マンションは、高級住宅が建ち並ぶ白金の住宅街の中でもひときわスタイリッシュで、リビングの光景はまるでドラマのセットのように生活感がなかった。

大地はズボンとブリーフを太腿《ふともも》までさげたまま、滑稽《こっけい》なちょこちょこ歩きで部屋に入っていった。志乃にそうしろと言われたからだ。自分も乳房を出しているのだから、というのがその理由だが、ペニスを勃てたまちょこちょこ歩きなんて、あまりにも屈辱《くつじょく》的すぎる。

「ごっ、ご結婚されているんですよね？」

大地は震える声で訊ねた。

「いいんですか、あがりこんじゃって……」

「ご主人さまは海外を飛びまわってて、しばらく帰ってこないもの」

志乃は歌うように言った。

「だから遠慮なくくつろいでね。ってゆーか、わたしがくつろぎたい」

言いながら、胸当てがめくれたワンピースを脱いだ。いきなり黒い草むらが見えたので、大地は叫び声をあげそうになった。彼女はノーブラどころかノーパンだったのだ。

「わたし、家じゃ裸族《らぞく》なのよ。すっぽんぽんじゃないとくつろげないの。下着着けるのはエッチのときだけ。ふふっ、悩殺ランジェリーでご主人さまを挑発するためにね」

もはやなにを言っているのかよくわからず、大地はただ呆然《ぼうぜん》と立ちすくんでいることしかできない。

「ねえねえ、さっきの質問の答え、まだ？」

玄関でペニスを露わにされたとき、志乃はクイズ形式でこの先の展開を問うてきた。一番、フェラ。二番、パイズリ。三番、セックス……。

「いま思いついたんだけどね、四番もあるかなあって」

甘い吐息を振りまきながら身を寄せてきた志乃が、意味ありげに笑う。

「さあ、答えて。何番にする？」

答えられるわけがなかった。大地は現実感を完全に失い、なぜ自分がピザを届けにきた家で、ペニスを勃起させているのかもわからなくなってきた。

「じゃあ、四番ね！」

志乃はチェストの引き出しを開けると、真っ赤なTバックパンティをつまみあげた。それから、大地の後ろにまわりこんできた。気がつけば、両手を背中で縛られていた。夫を悩殺するためのセクシーランジェリーで……。

「なっ、なにをするんですか？」

焦った声をあげた大地は、ドンッと背中を押され、ソファに座らされた。大人が四、五人座れそうな長いソファだった。

ソファの端で身をこわばらせている大地をよそに、志乃は反対側の端に座り、両膝《りょうひざ》を抱えた体育座りになった。

「四番はね……」

不意に眼つきがおかしくなった。それまでの彼女は天真爛漫《てんしんらんまん》というか、全裸になっても雲の上で遊ぶ天使のようだったのに、いきなりいやらしい表情になった。黒い瞳が、ねっとりと濡れていた。

「四番は、わたしがソロ活動しているところを、キミが見学するの」

ソロ活動がオナニーを意味することくらい、童貞の大地でも知っていた。つまり、志乃はこれから自慰《じい》をするらしい。大地の目の前で……。

「よーく、見ててよ」

志乃はいやらしすぎる眼つきでニヤニヤ笑いながら、ゆっくりと両膝を離していった。

（嘘だろ……）

長いソファの端と端に、大地と志乃は座っている。大地はズボンとブリーフをさげた状態で後ろ手に縛られ、志乃は全裸で体育座りだ。

「眼をそらしたらダメだからね」

志乃は甘ったるいウィスパーボイスでささやきながら、ゆっくりと両脚をひろげていった。裸になった彼女は、服を着ていたときよりグラマーに見えた。太腿もむっちりと逞《たくま》しく、可愛い顔に似合わないくらい肉づきがいい。

大地はまばたきもできないまま、両腿《りょうもも》の間から現れたものを凝視した。優美な小判形をした黒い草むらと、その下にあるアーモンドピンクの花びらを……。

息がとまった。

なんといやらしい色艶《いろつや》だろう。人間の体の一部とは思えない卑猥さに、大地は悩殺された。ネットで無修正画像を見るより何百倍も生々しく、一メートル以上離れているのに、いやらしい匂いさえ漂ってきそうである。

「グロテスクよね？」

志乃が恥ずかしげにささやく。

「女のこって可愛くないって、いつも思う」

「そっ、そんなことっ……」

大地はあわてて首を横に振った。自分のあわてぶりに自分で引いてしまい、声音《こわね》を低くあらためてから言った。

「ない、と思います」

「本当？」

志乃が悪戯《いたずら》っぽく片眉《かたまゆ》をあげる。大地がうなずくと、

「じゃあ、もっと見せてあげる」

右手を股間に伸ばしていき、黒い草むらをかきわけてから、二本の指を花びらの両脇に添えた。中指と人差し指で逆Vサインをつくると、指の間から薄桃色の粘膜がこぼれた。

つやつやと輝いていた。濡れているのだ、と思った瞬間、大地は息苦しくてたまらなくなった。

「こっ、興奮してるんですか？」

思わず訊ねてしまう。

「そりゃあね……」

志乃はにんまりと微笑《ほほえ》んだ。

「キミだって興奮してるでしょ？　オチンチン見られて」

大地はハッとした。先ほどから出しっぱなしなので油断していたが、志乃の視線を追うと、たしかにペニスにからみついていた。

彼女の視線を意識した瞬間、ペニスに力がみなぎり、反《そ》り具合が強まった。釣りあげられたばかりの魚のように、ビクビクと跳ねだした。なるほど、見られていると思うと興奮する。

「あんっ……」

志乃のもらした声は蚊の鳴くようなものだったが、エロティックな色彩を帯《お》びていた。Vサインをつくっている指が動きだし、割れ目を閉じたり開いたりしている。開かれるほどに濡れ光り方は卑猥なほど強まり、やがて蜜のしずくがトロリとアヌスのほうに垂れていった。

「やだ……すごい濡れてる……」

志乃の中指が薄桃色の粘膜をすくい、蜜に糸を引かせた。ぬかるみをまわりにひろげていきながら、花びらの合わせ目の上端《じょうたん》を刺激しはじめる。

「ああんっ、いやあんっ……」

中指を尺取虫《しゃくとりむし》のように動かしながら、志乃は身をよじって悶《もだ》えた。指の動きにシンクロして、肉づきのいい太腿がぶるぶると震えている。

（すっ、すげえ……すごすぎ……）

いやらしすぎる光景に、大地は身を乗りだした。両眼をギラつかせて、志乃の股間をのぞきこんだ。オナニーをする志乃は、ピンク色に輝くエロスの光線を放っているようで、身震いがとまらなくなってしまった。

エロスの光線の正体は、音と匂いだった。くちゃくちゃ、ねちゃねちゃ、と指で花びらをいじる音。そこから漂ってくるねっとりした淫《みだ》らな匂いは、刻一刻と濃厚になっていくばかり。

もちろん、巨乳のゆるふわ人妻が全裸でオナニーをしているのだから、ヴィジュアルも強烈だ。大胆に開かれた両脚、しきりにくねる腰、体の動きに合わせて揺れはずむ胸のふくらみ……眉根《まゆね》を寄せた表情までなにもかも悩殺的で、視点が一カ所に定まらない。

「もっと近くで見てもいいわよ」

志乃がウィスパーボイスでささやいた。長いソファの端と端にいるので、ふたりの間には一メートルほどの距離がある。

「ほら、こっち来て」

志乃に手招きされると、大地は操《あやつ》り人形のように近づいていった。とはいえ、両手を後ろ手に縛られているから、芋虫《いもむし》のようにソファの上を這《は》っていくしかない。

（こっ、これが……オッ、オマンコッ……）

志乃の股間に、顔を近づけていく。アーモンドピンクの花びらの真ん中に、中指が添えられている。ちょうど割れ目を隠すような格好だ。

尺取虫のように絶《た》え間《ま》なく動いて、指の下の凹《くぼ》みを刺激している。動き方がいやらしすぎて、興奮がレッドゾーンを振りきっていく。

「やんっ、くすぐったい」

志乃が身をよじったのは、大地の鼻息が股間にかかったからだった。黒い草むらが揺れるほど、大地の鼻息は荒くなっていた。

「舐めたらダメだからね」

志乃が子供を叱《しか》るような眼つきで言った。

「いくら舌が届きそうでも、舐めたらダメなんだから……」

誘われている、と童貞の大地でも直感的に理解できた。言葉とは裏腹に、志乃は股間を出張《でば》らせ、ことさら卑猥な音をたててアーモンドピンクの花びらをいじりまわしているのだ。

「女はね、ここがいちばん感じるの……ちょっと舐められただけでも、へなへなーってなっちゃうくらい……」

ハアハアと息をはずませつつ、花びらの合わせ目の上で指をすべらせる。上端にある包皮《ほうひ》をペロリと剝いて、小粒の真珠《しんじゅ》のような肉芽《にくが》をさらけだす。

「クッ、クリトリスですか？」

上ずった声で訊ねると、

「そう」

志乃は包皮を被《かぶ》せたり剝いたりしながらうなずいた。

「舐められたら気持ちいいんですよね？」

「うん」

志乃が恥ずかしそうに顔をそむけたので、これは完璧にＯＫサインだと大地は確信し、舌を近づけていった。

「ダメ」

志乃は真顔に戻り、大地の額《ひたい》を押さえた。

「男の人の舌の表面はざらざらしてるから、クリちゃんを舐めるには刺激が強すぎるの。舌の裏側を使わないと……」

舐めることそのものをダメと言われたわけではないようなので、大地はホッとした。と同時に興奮をたぎらせながら、舌の裏側をクリトリスに近づけていった。舌の裏側では普通、なにかを舐めたりしない。難しかったが、なんとかねろねろと肉芽を転がすことに成功する。

「あううっ！」

志乃はいままでとはあきらかに違う、いやらしい悲鳴を放って腰を跳ねあげた。

「いいよっ……とっても気持ちいいよっ……もっとしてっ……」

「はっ、はい……」

ねろねろ、ねろねろ、と大地は舌の裏側でクリトリスを転がした。初めて経験するクンニリングスだった。二、三分続けると開きっぱなしの顎《あご》が痛くなってきたが、かまっていられなかった。

そんなことなど気にならないくらい、大地は興奮していた。志乃の反応がいやらしすぎたからである。

「ああんっ、いいっ！　気持ちいいっ！」

あられもない大股開きでグラマラスな裸身《らしん》をくねらせ、大地が舌を動かすリズムに合わせてガクガクと腰を震わせる。自分が彼女を感じさせている実感がたしかにあり、それが単なる性的な興奮だけではなく、男としての自信に繋《つな》がっていく。

とはいえ、一方の志乃は性的興奮のほうにすっかり夢中のようで、

「もっと舐めてっ……もっと気持ちよくしてっ……」

いやらしいくらいに瞳を濡らしてねだってきた。そう言われても、なにしろ大地は童貞なので、舌の裏側で肉芽をおずおずと舐め転がすことしかできない。

「もうっ！　焦《じ》れったいなっ！」

志乃は上体を起こして、大地をあお向けに倒した。片脚をあげて大地の顔をまたぐという荒技に出た。十八歳の童貞でも、その荒技の名称は知っていた。顔面騎乗位である。

「むぐっ……」

いきなり女の花で口を塞《ふさ》がれた大地は、眼を白黒させた。いままで女体に触れ

ていたのは舌の裏側だけだったのに、今度は顔の下半分に股間がぴったり密着したのである。

アーモンドピンクの花びらはヌメヌメし、薄桃色の粘膜はつるつるしていた。どちらも淫らとしか言い様のない感触がして、思わず舌腹で舐めまわしてしまう。しまった、と胸底《きようてい》で叫んだ。男の舌の表面はざらついているから、敏感なクリトリスを舐めてはいけないと言われたのに……。

「はぁううっ！」

志乃は眉根を寄せて獣《けもの》じみた悲鳴をあげた。

「いいよっ！　もっと食べてっ！　オマンコ食べてっ！」

言いながら腰を動かされ、大地の顔に女の股間が押しつけられる。あっという間に、発情の蜜で顔中がヌルヌルになっていく。どうやら興奮のあまり、舌のざらつきなど気にならなくなっているらしい。

大地はどうしていいかわからないまま、とにかくめちゃくちゃに舌を動かした。割れ目から蜜がしたたってくれば、じゅるっ、と音をたててそれを啜《すす》った。

「はぁおおおっ！」

志乃のボルテージはあがっていく一方で、腰を動かすだけではなく、肉づきのいい太腿で顔を挟んできた。そうなると呼吸もままならなくなり、意識が朦朧《もうろう》としていく。

ただ、嫌な気持ちにはならなかった。大地が考えていたのは、花びらに埋まってしまったクリトリスを再び探しだし、志乃をもっと気持ちよくしてやりたいということだけだった。そのためなら、このまま失神してしまってもかまわないと覚悟を決めた。

「ああっ、そこっ！」

狙いを定めて唇で吸いついたところが、クリトリスのようだった。すかさず舌裏で転がした。吸っては転がし、転がしては吸い、意識が遠ざかっていくのを感じながら、夢中になってクリトリスを愛撫《あいぶ》した。

「イッ、イクッ……そんなにしたらイッちゃうっ……はぁあああーっ！」

ビクンッ、ビクンッ、と腰を跳ねあげて、志乃は絶頂に駆けあがっていった。

これが女のエクスタシーなのか、とその激しさに大地は驚愕《きょうがく》し、自分が彼女をイカせた事実に感動することしかできなかった。

## 3

志乃は貪欲《どんよく》な女だった。人妻というのは、童貞の十八歳などが想像もつかないほど深い欲望を内に秘め、隙《すき》あらばそれを爆発させようと手ぐすね引いている生き物だと、身をもって思い知らされた。

顔面騎乗位で一度イッたにもかかわらず、志乃は大地の顔の上からおりてくれなかった。大地が呼吸できるように少しだけ腰は浮かせてくれたが、肉づきのいい太腿で顔の両サイドを挟んで、まだ続けるという意思を示してきた。

実際、数十秒の休憩ののち、大地の口は再びヌルヌルした女の花で塞がれた。

「うぐうっ！」

悶え声をあげた大地に、志乃は言い放った。

「あとでお店に一緒に行って謝ってあげるから……」

淫らがましく腰を動かしながら続ける。大地の口のまわりが、漏らしたばかりの新鮮な蜜にまみれていく。

「うちの水道管が破裂して、直すの手伝ってもらったって……」

こんな高級マンションで水道管が破裂することなどあるのだろうかと思いなが

ら、大地はメチャクチャに舌を動かした。花びらを舐めまわしては、口に含んでしゃぶりまわした。

欲望がそうさせたわけではなかった。ほとんど義務感だった。クリトリスに吸いつくと志乃は甲高《かんだか》い悲鳴をあげてオルガスムスに達し、それでも満足してくれず、三度イクまで顔面騎乗位は続けられたのだった。

志乃が顔の上からおりても、大地はしばらくの間、動けなかった。両手はまだ、彼女のパンティで縛られたままだった。

ハアハアとはずむ呼吸がいつまでも整ってくれなかったし、顎はもちろん、舌の付け根までが痛んだ。なにより、顔面中に塗りこめられた女の匂いが、現実感を奪っていく。ともすれば、自分が誰だかわからなくなりそうだった。

「なに呆然としてるのよ？」

志乃が声をかけてきた。ソファの上であお向けになっている大地に対し、彼女は腰に手をあてて仁王立《におうだ》ちになり、こちらをゆるりと見下ろしていた。巨乳も陰毛も隠していなかった。ヴィーナスの彫刻みたいだ——大地はぼんやり思った。エロスの女神である。

「ほらほら。お返ししてあげるから、ちゃんと座って」

上体を起こされ、ソファに座る格好になった。太腿までさげられていたズボンとブリーフを、完全に脱がされた。

大地の股間では、生っ白いペニスが屹立《きつりつ》しきったままだった。人妻の股間を延々と顔面になすりつけられていたのだから、痛いくらいに硬くなり、ズキズキと熱い脈動《みゃくどう》さえ刻《きざ》んでいた。

だが、顔面騎乗位明けの放心状態からまだ抜けだせていなかった大地は、おのれの欲望と向きあう余裕がまだない。

「はい、ちょっと脚を開いて」

志乃は大地の両脚を開かせると、その間にしゃがみこんだ。大地は本能的に身構えた。思考回路がショートしたままでも、これからなにが起こるのか、察することができた。

「ふふっ、おいしそうなオチンチン」

志乃が淫靡《いんび》な笑みをこぼしながら、反り返ったペニスの裏側をツンと指で突いてきた。

ほんの軽いその刺激だけで大地はしたたかにのけぞり、声だけはなんとかこらえたものの、鈴口《すずぐち》から大量の我慢汁を噴きこぼした。

（こっ、興奮しすぎてくらくらするよ……）

大地のバイト先であるデリバリーピザ店で、志乃はノーブラの人妻として有名だった。人気が高かったと言ってもいい。しかし、いくらイカくさい世代の男ばかりが揃《そろ》った職場とはいえ、ただTシャツから乳首を浮かせているだけで、人気が出るはずがない。

志乃はただ美形でスタイル抜群なだけではなく、可愛いのだ。ずっと年上の三十代半ばにもかかわらず、十代後半から二十代前半の男たちを虜《とりこ》にするような、甘くてふわふわした笑顔の持ち主だった。

ペニスに指をからめたいまも、志乃は笑顔だった。しかしそれは、いつもの親和的な笑顔とはまるで違い、眼つきもおかしければ舌なめずりまでしていて、ただただいやらしい。大地は言葉を発することもできないまま、蜜にまみれた顔面をきつくこわばらせているばかりだ。

「……ぅんあっ！」

志乃が唇をO《オー》の字にひろげて、白ピンクの亀頭をぱっくりと咥《くわ》えこむと、

「おおうっ！」

大地は野太い声を出してしまった。そもそも、自分の手以外が触れたことのな

い部分だった。それを生温かい口内粘膜で包みこまれた衝撃は尋常ではなく、気が遠くなりそうになった。

しかも、志乃は口の中で舌を動かしてきた。くなくな、くなくな、と動かして、亀頭の裏筋を刺激してきた。

「ぬおおおっ……」

大地は唸《うな》るような声をもらし、後ろ手に縛られた不自由な体をよじりまわした。経験したことのない快感が次々に押し寄せてきて、じっとしていられなかった。

その大げさかつ情けない反応は、志乃のお気に召したようだった。ペニスを口に咥えたまま上目遣《うわめづか》いでこちらを見ると、意味ありげに瞳を輝かせた。

根元を、指でしごかれた。そうしつつ、亀頭は舐めしゃぶられている。気のせいか、口内で分泌《ぶんぴつ》される唾液《だえき》の量が増しているようで、その唾液ごと、じゅるっ、じゅるっ、と音をたてて吸いたてられると、座っているのに両膝がガクガクと震えだした。

「おいしいよ」

赤い唇を唾液で光らせながら、志乃はにっこりと微笑んだ。

「若い男の子って、オチンチンの味が濃いのね」

いくら笑いかけられたところで、大地に笑い返す余裕はなかった。亀頭から口を離しても、志乃は指で根元をしごきつづけていた。

（なっ、なんでこんなに気持ちいいんだ……）

大地が自慰をするときのように強く握りしめるのではなく、そっと指を添える感じでしごいてくるのがいやらしすぎる。性的快感というものは、性感帯を強く刺激すればいいものではないと、大地はこのとき身をもって教えられた。

とはいえ、呑気《のんき》にそんなことを考えていられたのは束の間《つかのま》のことだった。志乃が再び亀頭を咥えこみ、頭を揺らしてしゃぶりあげてくると、すさまじい勢いで射精の前兆が迫ってきた。

「ダッ、ダメですっ！」

焦った声をあげた。

「そっ、そんなにしたら出ちゃうっ……出ちゃいますっ……」

童貞の十八歳に射精をコントロールする術《すべ》などなく、出ると思った次の瞬間には衝動が勢いよくこみあげてきた。下半身のいちばん深いところで、ドクンッと衝撃が起こった。

「ぬっ、ぬおおおおっ……」

大地は射精に達したはずだった。ドクンッという衝撃がたしかにあったし、快楽の限界はとっくに超えていた。

しかし、精液は噴出しなかった。そのとき、志乃は亀頭から口を離していたのだが、鈴口には涎《よだれ》じみた我慢汁が滲《にじ》んでいるばかりで、いつものように白濁液《はくだくえき》が飛んでいかない。

けれども、射精に達した実感がたしかにあり、その証拠に、ドクン、ドクン、という衝撃は次々に襲いかかってくる。

にもかかわらず放出できないのは、志乃が尿道を押さえていたからだった。親指にぐっと力を込めて、快楽とともに放出されるはずの熱い粘液をせきとめていたのである。

大地は一瞬、なにをされているのかわからなかった。射精に達したはずなのに、男の精を吐きだす解放感は訪れず、むしろ苦しい。ドクン、ドクン、という衝動が訪れるたび、額から脂汗《あぶらあせ》がどっと噴きだす苦悶《くもん》に見舞われ、後ろ手に縛られた体を滑稽なほどよじらせた。

「ダメよう、ひとりでイクのは」

ヘラヘラ笑っている志乃を、大地は涙眼で睨《にら》みつけた。これはあまりにもひどい仕打ちだった。自分は顔面騎乗で何度もイッたくせに……。

大地の気持ちが伝わったようで、志乃は言い訳を口にした。

「女は何度でもイケるからいいのよ。でも、男は一回出しちゃうと、続けてできないでしょう？」

いや、僕は三回続けてオナニーしたことがありますから、と言ってやろうかと思った。しかし、その前に志乃が動いた。ソファに座っている大地の腰をまたいで、上に乗ってきた。対面座位の体勢である。

「どうせなら、イクときは一緒がいいでしょ」

腰を浮かせてペニスに手を添え、結合の準備を整える。大地の心臓は爆発しそうな勢いで高鳴りはじめる。

「あのね……」

志乃が耳元に唇を寄せ、わざとらしいほどひそめた声で言った。

「今日安全日だから、中で出していいからね」

大地が驚愕に眼を見開くと、志乃はまぶしげに眼を細めて唇を差しだしてきた。唇と唇が密着した瞬間、ヌルリと舌が口内に侵入してきた。

眼を白黒させている大地をよそに、志乃は大胆に舌をからめてきた。そうしつつ、腰を落としてくる。ゆっくりと、だが確実に、勃起しきった童貞のペニスを、ヌメヌメした肉ひだの中に沈めていく。

「ぅぐっ！　ぅんぐっ！」

志乃に舌を吸われながら、大地は鼻奥で悶え声をあげた。ペニスに襲いかかってきた感覚は、フェラチオを超える未知の世界だった。

（こっ、これがっ……これがセックスッ……）

生まれて初めて味わう女との結合感は、想像していたものとずいぶん違った。もっときつく締めあげられるものだとばかり思っていたのに、とろみのあるお湯の中に沈んでいくように頼りない――やがて錯覚《さっかく》だったと気づかされるのだが、それが童貞だった大地の、女体と結合した最初の感想だった。

「あああっ！」

ペニスをすべて呑《の》みこんだ志乃はキスを続けていられなくなり、大地の頭を抱きしめてのけぞった。必然的に大地の顔は、豊満な胸の谷間にむぎゅっと押しつけられた。

大地は悶絶《もんぜつ》した。豊満な巨乳に顔面が埋まり、その感触のいやらしさに息もできない。しかし、顔が乳肉に埋まっていることばかりに、気をとられてはいられなかった。

志乃は大地にまたがる対面座位で、ペニスを咥えこんでいた。いよいよ男女の営みを本格的に経験する状況に追いこまれていたのである。

「見た目からして立派だったけど……」

志乃がハアハアと息をはずませながら、大地の顔をのぞきこんできた。

「入れるとすごく存在感あるね。硬くて気持ちいいよ……」

腰をひねり、性器と性器をこすりあわせる。試しに動いたようだったが、志乃の腰はそのままリズムに乗っていき、クイッ、クイッ、と股間をしゃくりはじめた。

「ああああっ！」

志乃が喉《のど》を突きだして声をあげたが、声をあげたいのはむしろこちらのほうだった。

大地は十八歳の浪人生、見事大学に合格できたあかつきには、彼女をつくってセックスだってしてみたいと思っていたが、まさかこんな形で——人妻に童貞を奪われるような格好で、初体験を迎えるとは夢にも思っていなかった。

セックスは、思っていたのと全然違った。オナニーの百倍くらい気持ちがいいのだろうと思っていたのだが、気持ちがいいというより、一体感がすごい。女とひとつになっているという実感がたしかにある。その実感が単なる性的な興奮を超えたエネルギーとなって、体を熱く燃やしていく。

「ああっ、いいっ！　気持ちいいっ！」

腰を振りたててくる志乃は、すっかり夢中になっていた。いやらしい声だけではなく、ずちゅっ、ぐちゅっ、という卑猥な肉ずれ音まで撒《ま》き散らして、性器と性器をこすりあわせてくる。

最初は頼りなかった結合感も、次第に別の感覚にとってかわられた。強く締まればいいというわけではなく、もっと柔らかな、ヌメヌメしたこの感じを味わうことこそがセックスなのだと、大地は理解していった。

快感のツボがわかってくると、それをさらに味わうために動きだした。といっても、対面座位で下になっているので、たいしたことはできない。とはいえ、尻をもじもじさせるだけでも、蜜壺《みつつぼ》に埋まっているペニスの角度が変わり、肉壁とのあたり方が変わる。

「あううっ！」

手放しでよがり泣いている志乃も、闇雲《やみくも》に動いているわけではなく、自分が気持ちがいいところに、ペニスをあてようとしているようだった。童貞喪失の初体験にもかかわらず、大地はそのことに気づくことができた。

男としては大切な「学び」だったが、

「ねえっ！　ねえっ！」

志乃が切羽《せっぱ》つまった顔で見つめてきた。

「わたし、イッちゃいそうっ……もうイッちゃいそうっ……」

腰使いをフルピッチにまで高めて、志乃が絶頂への階段を駆けのぼっていった。ずちゅぐちゅっ、ずちゅぐちゅっ、という肉ずれ音が、耳障《みみざわ》りなほど大きくなっていく。

「ああっ、イクッ！　もうイクッ！　イッちゃうイッちゃうっ……はっ、はぁああああーっ！」

長く尾を引く悲鳴をあげて、志乃は果てた。

4

（まっ、またイッた……また自分だけイッちゃった……）

対面座位でオルガスムスに達した志乃は、ガクガクと腰を震わせて、肉の悦《よろこ》びを嚙《か》みしめた。可愛い顔をしているくせに、眉根をきゅっと寄せたイキ顔はこの世のものとは思えないほどエロティックだった。

抱きしめたい、と思った。たしかにいま、大地は勃起しきったペニスで志乃を貫《つらぬ》いていた。だが逆に言えば、性器以外の一体感が乏《とぼ》しすぎる。絶頂に達してぶるぶる震えている志乃の体を抱きしめれば、いまよりずっと生々しく、セックスの醍醐味《だいごみ》を味わえるに違いない。

「あっ、あのう……」

イキきって肩で息をしている志乃に、声をかけた。

「手、ほどいてもらえませんか？」

大地の両手は、まだ後ろ手に縛られたままだった。いくら抱きしめたくても、両手が使えない状態ではできるわけがなかった。

「ほどいてどうするの？」

志乃がウィスパーボイスで訊ねてくる。

「ぎゅっとしたい、っていうか……」

恥ずかしさをこらえ、勇気を出して伝えた。

「僕ももうイキそうなんで、そのときは抱きしめて出したいというか……」

「ふうん」

志乃は気のない感じで答えた。

「もう出そうなんだ？」

「……はい」

「それはダメね」

「えっ？」

「出すのは全然、まだまだ早すぎ」

志乃が片脚をひょいとあげて結合をといたので、大地は焦った。

「いっ、意地悪しないでくださいよ。なんで抜くんですか？　さっき中出ししていいって言ってたのに……」

まるで駄々っ子のような口調が、自己嫌悪を呼び起こす。けれども、こんな状況でペニスを放置され、冷静でいられるはずがない。

大地だってイキたいのだ。中出しの許可も出ていることだし、いやらしすぎる人妻の中で、熱いザーメンを思いきりぶちまけたいのである。

志乃はアクメの余韻《よいん》が残った顔でニヤニヤと笑いつつ、大地の両脚の間にしゃがみこんだ。

「中出ししたいの？」

志乃がペニスの裏筋をコチョコチョとくすぐってくる。

「したいですよっ！」

大地は身をよじりながら、叫ぶように答えた。指の刺激は、ヌメヌメした蜜壺の感触とはまた違うもので、新鮮な快感がペニスを跳ねさせる。

「させてあげるよ」

志乃は彼女の体液でネトネトになったペニスを指でしごき、さらに舌まで差しだして、亀頭を舐めてきた。

「おおおっ……ぬおおおおっ……」

大地はソファに座りながら思いきり腰を浮かせた滑稽な格好で、全身をぶるぶる痙攣《けいれん》させた。

「でも、そんなに焦って出したらダメ。わたしが満足するまで、射精は禁止。もちろん、ずっと硬くしておかないと許さないからね」

志乃は濡れた瞳で大地を見上げてくると、

「中出ししたいなら、もっと我慢しなさい」

唇をひろげてぱっくりと亀頭を頬張《ほおば》った。

（たっ、助けて……）

人妻は、自分の欲望を満たすためなら鬼になれる生き物のようだった。

志乃は対面座位とフェラチオで、大地のことをとことん翻弄《ほんろう》し抜いた。自分は結合して腰を振るたびにオルガスムスを嚙みしめるくせに、大地が射精しようとすると執拗《しつよう》に邪魔をした。腰をあげてペニスを抜き、それだけでは絶対にイケないようなやり方でフェラチオしてきた。

「おっ、お願いしますよ。もう出させて……出させてください……こんなの頭がおかしくなっちゃいますよ……」

大地が涙声で哀願《あいがん》しても、志乃はニヤニヤと笑っているばかりだ。

「ダーメ。わたしが十回イクまで射精はおあずけ」

ひどすぎる話だったが、彼女はそれを実行した。暴発しそうになっても、尿道を押さえて精液の噴出を封じこめられた。それが初体験であり、あまつさえ両手を背中で縛りあげられている大地にはどうすることもできず、気がつけば涙を流していた。

「ひっ、ひどい……ひどいですよ、志乃さん……」

「もう、泣くことないでしょ。男の子なんだから、泣かないで元気出して。次で十回目だから、一緒にイキましょう」

志乃は対面座位でまたがってくると、クイッ、クイッ、と股間をしゃくるように腰を使いはじめた。大地のペニスはもうパンパンで、いつもよりひとまわりもふたまわりも大きくなっているような気がした。

「最後だから、ぎゅっとしてもいいよ」

志乃が後ろ手に縛った手を自由にしてくれた。抱きしめたい気持ちももちろんあったが、目の前でタプタプ揺れている巨乳を無視するわけにはいかなかった。

「あんっ！」

双乳を裾野からすくいあげると、志乃は恥ずかしそうに眼の下を赤く染めた。可愛さといやらしさがいい具合にまざりあった、たまらないリアクションだった。

「いいよ……気持ちいい……」

志乃が腰使いに熱をこめてきたので、大地も熱烈に双乳を揉みしだいた。たっぷりした乳肉にぐいぐいと指を食いこませるほどに、志乃は乱れていく。大地が淫らに尖った乳首に吸いつくと、

「ああーっ！」

志乃はガクガクと腰を揺らしながら、大地を抱きしめてきた。首の後ろに両手をまわされ、ぐっと引き寄せられた。

また胸の谷間に顔が埋まってしまったが、いまは両手が自由である。巨乳に顔を挟まれる愉悦《ゆえつ》を噛みしめながら、乳肉を揉みつづけ、乳首に吸いついていく。口の中でいやらしく尖っていく突起《とっき》に呼応《こおう》し、ペニスがどんどん硬くなっていくようだ。

「もっ、もうっ……」

身の底からこみあげてくる衝動があり、乳房を愛撫できなくなった。

「もう出ますっ……出ちゃいそうですっ……」

「いいよ」

志乃がうなずいた。

「いっぱい出してっ……中でいっぱいっ……」

「おおおおおっ……」

大地は声をもらしながら、志乃にしがみついた。ぎゅっと抱きしめるのと同時に、下半身で爆発が起こった。

童貞喪失に加え、延々と射精を我慢させられていた。ドクンッ、ドクンッ、と衝撃が訪れるたびに、痺《しび》れるような快感が体の芯《しん》を走り抜けていった。尿道を通過する粘液が、煮えたぎるほど熱くなっているのがはっきりとわかった。

＊

志乃との関係はそれで終わらなかった。

夏から秋にかけて、週に一、二回のペースで彼女の家に呼びだされた。

そこで仕込まれた濃厚なセックス・テクが、いまも大地が人妻を抱くときのベースになっている。人妻しか愛せなくなった理由は、人妻仕込みのこってりしたやり方が、同世代に忌《い》み嫌われたからだった。

志乃との関係は三カ月ほど続いたが、志乃が夫の赴任地であるシンガポールに行ってしまったので、会えなくなった。大地はその後、ほとんどまぐれで合格した志望校に入学し、無事大学生になった。キャンパスには可愛い女の子があふれ、なんとなく縁があって三人ほどの女子と付き合ってみたが、ものの見事に全員にふられた。

別れの理由は一緒だった。セックスがしつこすぎる――たしかに大地は、三十分くらいのクンニは当たり前だと思っていたし、舌で何度かイカせてからでないと結合する気になれなかった。志乃がなかなか射精を許してくれなかったので、挿入《そうにゅう》してからもとにかく長い。何度も体位を変えたり、オーラルを挟んだりしながら、一時間以上腰を振りたてていなくては納得がいかない。

なるほど、まだ体が成熟していない十九、二十歳《はたち》の女にすれば、付き合いきれないほどの濃厚セックスだったのだろう。

一方の大地にしても、女子大生の抱き心地に満足することはなかった。志乃が恋しくてしかたがなかったが、海の向こうでは会えるはずもなく、あるとき、ふと思いたって人妻を抱いてみた。ネットの出会い系で知りあった三十代後半の女だった。欲求不満をもてあましており、好奇心も旺盛《おうせい》な女だったから、次々とふたりで大胆なプレイに挑戦してみた。

最高だった。

相手が人妻では、同世代の恋人のように、胸がときめく甘酸っぱい恋愛はできない。初対面の緊張をほぐすため、ベッドインの前に多少お酒を飲んだりすることはあっても、目的はあくまでもセックスのみ。

割りきった関係に一抹《いちまつ》の淋しさを覚えないわけではなかったが、反応の薄い女子大生を相手に、一生懸命奉仕《ほうし》したあげくに文句を言われるくらいなら、人妻と汗まみれになって快楽を追求しているほうがずっとよかった。

いまとなっては、人妻の欲求不満を晴らすことが生き甲斐《がい》となり、それもただ単にワンナイトスタンドの相手を務めるだけではなく、失神するほどイキまくらせることに執念を燃やすようになってしまった。

男の夢はいつだって、女に「こんなの初めて」と言わせることだ。しかし、経験の浅い女の体を開発してその台詞《せりふ》を引きだすのはイージーである。女の悦びを深く知っている人妻を相手にそれを言わせてこそ、男の中の男であると大地は思っている。

毎週末、メールを交《か》わしただけの人妻と初めて顔を合わせ、腰を振りあって別れるまでの数時間を、大地は短編映画を撮影するように準備する。服を脱がせる前にもなるべく気持ちよくさせてやるのが、人妻を扱うコツだ。プライドをくすぐってやる瞬間から、もう愛撫は始まっているのである。

# 第三章　獣《けもの》のスイッチ

## 1

大地はスーパーマーケットで働いている。

大学卒業後、ＯＡ機器のリース会社に就職したものの、自分にはサラリーマンは向いていないことに気づいて一年で退社した。その後、次の仕事が決まるまでの腰掛けのつもりでスーパーでアルバイトを始めたのだが、職場の雰囲気がいいので居心地がよく、もう四年も続けている。

ネットで「人妻の達人」を名乗り、実際、週末ごとに人妻と熱い夜を過ごしていても、普段の生活は地味なものだった。夜の街で飲み歩いてナンパしたり、キャバクラや風俗に足を運ぶこともない。

そうやって溜《た》めこんだエネルギーを、週末に会う人妻を相手に爆発させるためだった。精力に不安が出てくる年でもないけれど、逢瀬《おうせ》の三日前からはオナニーさえ我慢しているくらいだ。

スーパーには多くの人妻がパートに来ていて、入れ替わりも激しいから、中には「おっ」と眼を惹《ひ》くタイプと出会うこともある。

しかし、職場の人妻には絶対に手を出さないというのが、大地が自分に課している掟《おきて》だった。身近な人妻に手を出さなくてもネットでいくらでも釣れるし、職場でトラブルを起こしたりしたら、せっかく気に入っている仕事を失ってしまうかもしれないからである。

ただ、何事にも例外はあるもので、奈津美《なつみ》との出会いがそうだった。

年は三十二、三だろうか。女子アナを彷彿《ほうふつ》させるルックスの持ち主で、眼の大きなキリッとした顔をしていた。凛《りん》としているのに可愛げがあり、とくに話したことがなくても、笑顔を向けられたらついこちらも笑ってしまうような、そんな女だった。

ただ、素敵な笑顔の持ち主なのに、彼女は表情を曇らせていることが多かった。大地と同じスーパーで働きはじめて、すでに半年。仕事に不満があるのか、あるいは私生活に悩みを抱えているのか、梅雨時《つゆどき》の空のようなどんよりしたオーラをまとっているのが、気になっていた。

といっても、そんなパートの人は他にもいたし、なにより職場の人妻とは関わらないようにしていたので、声をかけたりすることはなかった。

つい声をかけてしまったのは、職場の外だったからだ。

その日、大地は早番だったので、午後五時には仕事を終え、帰路の途中でなんの気なしに駅前の書店に入った。そこに奈津美がいたのだ。

オーバーサイズの茶色いカーディガンに黒いロングスカートという、どんよりオーラをさらに強める垢抜《あかぬ》けない私服姿で、立ち読みをしていた。

大地は気づかれないように注意しつつ、彼女の後ろにまわりこんだ。なにを読んでいるのかと思ったら、離婚指南書だった。目の前の棚には、『女のための離婚の準備』だの、『慰謝料を取りっぱぐれない十の方法』だの、物騒なタイトルばかりが並んでいる。

なるほど……。

奈津美の暗いオーラの正体は、夫婦関係の不和が原因らしい。左手の薬指に指輪をしているから、既婚者であることは誰の眼にもあきらかだった。噂《うわさ》によれば子供はまだで、どちらかの両親と同居もしていないらしいから、純粋に夫とうまくいっていないのだろう。

まあ、赤の他人の自分にできることなどなにもない——大地は黙って立ち去ろうとした。

できなかったのは、奈津美のふっくらした頬《ほお》に、涙がひと粒、伝い落ちていったからだ。大地は立ちどまって、まじまじと見てしまった。次の瞬間、奈津美はこちらを見て、ハッと息を呑《の》んだ。

書店の隣がカフェだったので、大地と奈津美はそこに入った。

離婚指南書を立ち読みしながら涙を流していた奈津美は、それを見つかっても取り乱すことなく、ひどく恥ずかしそうに涙を拭《ぬぐ》いながら言った。

「スーパーで働いている人ですよね？」

「ええ……」

「やだ、もう。変なところ見られちゃった」

「口外したりしませんよ」

大地は言ったが、念入りに口止めしたほうがいいと奈津美は思ったのかもしれない。彼女のほうからお茶に誘ってきた。

「べつにね、真剣に離婚しようとしているとか、そういうんじゃないの……ただその、なんていうんだろう……もうちょっとだけね、夫婦仲がよくなればいいんだけど……」

「浮気とかされたわけじゃないんですよね？」

「うん」

「ギャンブルに狂ってるとか、借金で首がまわらないとか……」

「ないない」

ということは、女が離婚を考える原因はひとつしかないだろう。

これ以上、他人のプライヴェートに踏みこむべきではないのかもしれなかった。しかし、目の前の奈津美があまりにも困惑しきっていて、どうしていいかわからない様子なので、つい言ってしまった。

「セックスレスですか？」

奈津美は息を呑み、それから険しい眼つきで睨《にら》んできた。

「キミ……大地くんだっけ？　若いくせにずいぶんズバリと言ってくれるじゃない の」

「セックスレスを解消するために、なにか努力してみました？」

「したわよ！」

声を跳ねあげてから、奈津美は気まずげに眼を泳がせた。反射的に答えたせいで、セックスレスを肯定してしまったからだろう。

「たとえば？」

大地は淡々と訊《たず》ねた。こういう場合、好奇心を前面に出したりしたら、かならず女を傷つける。

「それはその……エッチな下着を着けてみたり……」

「ああー、それはいちばん最悪ですね」

「なっ、なんで？」

奈津美が身を乗りだしてきた。ショックを受けたらしく、唇が震えている。

「わたしすごく勇気を振り絞《しぼ》って、男の人が興奮しそうなやつをデパートで買ってきて……本当に崖《がけ》から飛びおりるようなつもりで、誘ったのに……」

「スルーされたんでしょう？」

コクリ、と奈津美はうなずいた。

「そりゃされますよ。自分の奥さんがいきなりエロエロの下着着けて誘ってきたら、怖いですもん」

奈津美は唖然《あぜん》とした顔になった。怒っているようだったが、大地の言わんとするところは伝わったらしい。なにも言わずに唇を嚙《か》みしめた。

「ちなみに、真顔でセックスレスがどれだけつらいか訴えたりするのもダメですからね。そんなことしたら、今度は逆に、ご主人のほうが離婚指南書に手を出します」

「そっ、そこまで言うからには……」

奈津美は悔しげな顔で言ってきた。

「ちゃんとした解決策があるんでしょうね？」

「男と女はそれぞれですから……」

大地はクールに続ける。

「どのカップル、どの夫婦にも通用する万能の解決策なんてありません。でも、エロエロ下着を着けるより、よほどマシな方法はあります」

「……なによ？」

奈津美がすがるような眼を向けてくる。

「聞きたいですか？」

大地は腕時計を見た。

「このあと二時間ばかりお付き合いいただけるなら、教えてあげてもいいですけ

じゃ家に帰れない、と彼女の顔には書いてあった。

奈津美もスマホで時間を確認した。迷っているようだったが、とてもこのまま

「二時間……」

ど……」

(まあ、情けは人のためならずさ……)

その日、大地の懐《ふところ》は珍しく暖かかった。部屋の断捨離《だんしゃり》をした際、プレミアモデルのGショックやスニーカーなどをネットオークションに出品したところ、予想以上の高値がつき、十万円ほどの余剰金が生まれたのである。

それを、ほとんど人間関係のない人妻のために使ってしまっていいものかとも思ったが、宝くじにあたったような金だし、年下の自分にセックスレスを指摘され、奈津美は相当ショックを受けているようだった。罪滅《つみほろ》ぼしをしなければ申し訳ないような気がした。

大地は奈津美を新宿のデパートに連れていった。

婦人服フロアのなるべくフェミニンな雰囲気の店に入り、奈津美に服をプレゼントした。体の線がしっかり出る、ミニ丈《たけ》のワンピース——八万円もしたので、

安っぽいものではない。色はシックなベージュと黒。あえて華やかな色は避け、高級感で勝負である。

「やだ……」

鏡に映《うつ》った自分を見て、奈津美は頬を赤くした。

「ちょっと大胆すぎるんじゃない？　体の線が出すぎというか……」

「普通ですよ」

大地は笑った。

「逆に、奥さんの普段着が生活感丸出しすぎるんですよ。色気の欠片《かけら》もない。こういう服着て、メイクもばっちり決めて、『今日はお友達と飲みにいくのー』とかって言えば、ご主人は絶対に眼の色を変えますから。下着なんかいままで通りでもね」

大地はもちろん未婚だし、長く同棲した経験もないので、セックスレスの実態を知らない。しかし、人妻との交流は人並み以上にあるから、セックスレスの解消方法は知っていた。

持続可能にするためには別の作戦も必要なのだが、とりあえず最初の関門は、男が脱がしたくなる服を着ることで突破できる可能性が高い。下着と同様、これもやりすぎないのがコツで、あまりセクシーすぎると男は引く。

大地は奈津美にワンピースを着せたまま一階のコスメショップに行き、化粧をさせた。閉店間際ですいていたこともあり、口紅一本買っただけで、美容部員ははりきってフルメイクしてくれた。

「信じられない……なんだか自分じゃないみたい……」

元がいいだけに、奈津美は化粧映《ば》えした。夢見るような眼つきと相俟《あいま》って、二、三歳は若返った感じだ。

「あとは美容院に行けば完璧ですが、それは自分の財布でお願いします」

大地は言った。いったいなにをやってるんだか、と内心で自嘲《じちよう》の笑みを浮かべていた。

「まあ、男は女の髪形に鈍感《どんかん》ですけどね。やっぱり大事なのは、髪より服……プチプラでも、おしゃれな服を着たほうがいいですよ。独身時代みたいに」

デパートを出て、駅に向かった。大地はそのまま帰るつもりだったが、奈津美がぎゅっと腕にしがみついてきた。

「どうせなら、最後まで面倒見てくれない？」

大地は立ちどまり、奈津美を見た。奈津美は眼を合わせずに言った。

「自分に足りないもの、わたし、自分でもよくわかってる……」

腕に胸のふくらみを押しつけられ、大地は息を吞んだ。下心なしに服をプレゼントしたつもりだったが、自分が美しく変身させた女に、欲情しないはずはなかった。

久しぶりに訪れるラブホテルは、ずいぶんと淫靡《いんび》な空間だった。

人妻と一期一会《いちごいちえ》のセックスを楽しむとき、大地は当日割を賢く利用し、高級ホテルにエスコートすることにしている。

せっかく自腹を切って奈津美を美しく変身させてやったことだし、今回もそうしてもよかったのだが、彼女が許してくれなかった。ネットで当日割引をチェックする暇《ひま》など与えられず、引きずられるようにしてラブホテル街に連れていかれ、最初に姿を現したホテルの門をくぐった。

「こういうこと、よくするんですか？」

やけに動きが遅いエレベーターの中で、大地は訊ねた。

「まさか。浮気なんて初めてです」

奈津美は恥ずかしげに顔をそむけた。

「だからわたしには色気が足りないの。二年間もセックスレスなんだから、色気なんて出るわけないじゃない」

恥ずかしさを隠すためか、怒ったふりをするところがなんだか可愛い。

「この服を着てたら、そうでもないですよ」

大地はワンピース越しに、尻の隆起《りゅうき》を撫《な》でさすった。丸くていい尻だった。

「綺麗な顔して色っぽい、魅惑のアラサーって感じがしますけど」

「やめて、触らないで」

奈津美はいやいやと身をよじる。

「部屋に行ったら好きなだけ触らせてあげるから！」

「でも、熱いですよ」

大地は尻の丸みを吸いとるような手つきで撫でつづけた。

「服の上からでも、体が火照《ほて》ってるのがわかります」

嘘だった。そんなのわかるはずがなかったが、奈津美は言葉に反応し、身をよじるのをやめられなくなる。

「だっ、誰か乗ってきたらどうするのよ？」

「見せつけてやればいいじゃないですか。部屋に行くまで待ちきれない、飢《う》えた男と女の姿を……」

見せつけてやるのはやぶさかではないが、このエレベーターは昇り専用だ。ラブホテルではよくあることで、客同士がエレベーターで鉢合《はちあ》わせにならないように工夫されている。そんなことも知らないなんて、三十オーバーの人妻のくせに、ずいぶんと奥手な女である。

「飢えてなんて……わたしは飢えてなんて……」

顔を真っ赤にしている奈津美の尻に、大地は股間を押しつけた。すでに勃起《ぼっき》していた。痛いくらいだった。

「僕は飢えてますよ。わかるでしょう?」

奈津美に勃起は伝わっているようだった。なにか言いたげに、わなわなと唇を震わせている。

しかし、言葉は返さず、エレベーターの表示ランプに眼をやる。部屋は十階だが、まだ五階だった。本当に動きが遅い。わざとそんなふうに調整しているのであれば、素晴らしく気がきくラブホテルである。

「奥さんも燃えてるんでしょう?」

大地はスカートの中に右手をすべりこませて尻を撫でた。やけに立体感がある丸尻が、ざらついたストッキングに包まれていた。

「ダッ、ダメッ……」

奈津美はあわてて両手で尻を押さえたが、そのときにはもう、大地の右手は前に移動していた。尻より敏感な股間に……。

「熱いですよ……」

こんもりと盛りあがった恥丘《ちきゅう》を、指先で撫でた。湿気を帯《お》びた卑猥《ひわい》な熱気が、指にねっとりとからみついてくる。

「興奮が伝わってきますよ……」

「そっ、そんなにいじめないでよ……」

奈津美はひどく恥ずかしそうに声を震わせ、弱々しく身をすくめた。

(だって奥さん、いじめ甲斐《がい》がありそうだから……)

大地は内心でつぶやき、ますます大胆に股間をいじりまわした。土手高の恥丘から、名器の予感が漂ってくる。

チンッ、と音が鳴り、ようやくエレベーターが十階に到着した。奈津美の顔に安堵《あんど》はうかがえなかった。部屋に入っても肩で息をしていた。顔も紅潮《こうちよう》していたし、髪まで乱れていた。

エレベーターの中で、尻はおろか、股間まで刺激された女の姿だった。時計で計れば十秒もないはずだが、誰かに見つかるかもしれないと思っていた奈津美には、ひどく長く感じられたことだろう。

「こっちへ……」

大地は奈津美の背中に手をまわし、洗面所にうながした。もちろん、鏡の前に立たせるためだ。

「やっぱり素敵ですね。ワンピース、よく似合ってますよ」

大地は奈津美の後ろから彼女の双肩《そうけん》に手を置いた。

デパートにいたときは夢見るような眼つきになっていた奈津美なのに、いまはなんの反応もない。ただ落ち着きなく眼を泳がせるばかりで、言葉を発することさえできない。

彼女はすっかり欲情していた。そしてそれを、羞《は》じらっていた。もうふたりきりの密室なのだから、欲望に素直になればいいのに、唇を引き結んで震えるばかりである。

彼女にプレゼントしたベージュと黒のワンピースは、エロさと可愛さの配合が絶妙だった。ミニ丈であることと相俟って、全体のシルエットは可愛いのに、体のラインが露《あら》わでセクシー。とくに胸のふくらみが強調された立体裁縫が素敵で、いわゆる「大人可愛い」路線である。

大地は後ろから、ふたつの胸のふくらみをすくいあげた。そういうことを、せずにはいられない服だった。セックスレスであるというご主人も、この服を着た奈津美を前にすれば、同じことをしたくなるだろう。

「あああっ……」

ワンピース越しにぐいぐいと指を食いこませると、奈津美はせつなげに眉根《まゆね》を寄せた。大地の愛撫《あいぶ》は、エレベーターの中から一段ギアをあげていた。それは奈津美にも伝わったはずだ。

「顔は美人なのに、意外に大きいですね。巨乳ですか？」

「わたし、年上よね？」

鏡越しに、奈津美が涙眼で睨んでくる。

「そういう意地悪……言わないで……」

年上でも、奈津美はおそらく、自分からセックスをリードするタイプではない。無理やりラブホテルに引きずってくることはできても、そこから先は男におまかせのタイプだろう。となれば、大地がリードするしかないのである。

「意地悪なんてしてませんよ」

涼しい顔で、ミニ丈の裾《すそ》をめくりあげた。目の前は鏡だ。

「いやっ！」

奈津美があわてて両手で押さえたので、股間が見えたのは一瞬だった。しかし、その一瞬で大地の眼には衝撃の光景が焼きついた。

ナチュラルカラーのストッキングに、真っ赤なパンティが透《す》けていた。ただの赤いパンティではない。シースルーの生地《きじ》で、恥丘を飾る小判形の黒い草むらが、すっかり見えていた。

「まさか……」

ごくり、と大地は生唾《なまつば》を呑みこんだ。

「ご主人を誘惑するために買った、セクシーランジェリーを着けてるんですか？」

「しかたないでしょ！」

叫ぶように答えた奈津美の顔も、下着に負けないくらい真っ赤だった。

「たっ、高かったから捨てるわけにもいかないし……普段使いにするしかないじゃないの！」

尋常ではない狼狽《うろた》え方から、伝わってくるものがあった。彼女はたぶん、大地をラブホテルに誘った段階では、自分がどんな下着を着けているのか忘れていたに違いない。

「それにしても、スーパーのパートに来るのに、真っ赤なスケスケパンティを穿《は》いてくるなんて……」

いやらしすぎて嬉しくなってくる。

2

「せっかくの新品が、皺《しわ》になっちゃいけませんから……」

大地は奈津美のワンピースを脱がせていった。

「なんでここで脱がせるのよ……向こうに行きましょうよ……」

奈津美はまだ、セクシーランジェリーを見られたショックから立ち直っていなかった。おまけに、本気で洗面所で服を脱がされることを嫌がっていた。訳がわからないという顔をしている。

洗面所の照明は明るいし、目の前は鏡。なるほど、女にとっては恥ずかしすぎるシチュエーションである。だが、大地がどうしてここで脱がせようとしているのか本気で疑問に思っているとしたら、人妻のくせに男心を知らなすぎる。

背中のホックをはずし、ファスナーをさげていく——ワンピースの長所はふたつある。女らしく見えることと、脱がすのはどんな服より簡単なことだ。

ブラジャーもパンティと揃《そろ》いの赤で、こちらもセクシーなハーフカップだった。大地はワンピースを脱がせた勢いのまま、ナチュラルカラーのストッキングも脚から抜いた。

「いやっ、恥ずかしい」

扇情《せんじょう》的なセクシーランジェリー姿になった奈津美は情けない中腰になり、胸と股間を隠したが、Tバックを桃割れに食いこませている尻は丸見えだった。

「見せてくださいよ」

大地は奈津美の左右の手首をつかみ、強引に体を鏡に向けた。

ブラジャーはレースがふんだんに使われて可愛かったが、ハーフカップなので胸の谷間が露わだった。カップの上部から、柔らかそうな白い乳肉まではみ出している。パンティに至っては、赤いシースルーの生地が小判形の草むらを透かしており、赤と黒のコントラストが卑猥すぎる。

「なるほどね……」

大地はわざとらしく深い溜息をついた。

「この下着を着けてセックスに誘って、ご主人に引かれたと？」

コクン、と奈津美はうなずいた。

「ちなみに、どんな感じで誘ったんです？」

「……普通よ」

「どんなふうに？」

「……エッチしない？　って……」

「怖いですよ、それは」

大地が首を横に振りながら言うと、

「どうすればよかったっていうのよ？」

奈津美はキッと睨んできた。陰毛の透けたセクシーランジェリー姿では、怖くもなんともなかったが……。

「エッチしたいっていうのは、女から言ったら絶対ダメなんです。相手に言わせないと」

「だから、どうすれば……きゃっ！」

大地が片脚をもちあげたので、奈津美は悲鳴をあげた。

「そのまま、そのまま。もう片方の脚ものせて」

洗面台の上で、四《よ》つん這《ば》いにさせた。といっても、それほど奥行きがあるわけではないので、尻を突きだして、両手は鏡につく感じだ。

「オナニーしてみてください」

「はあ？」

「セックスレスを解消したいなら、ご主人に自分で自分を慰《なぐさ》めているところを見せつけてやればいい。もちろん、偶然を装《よそお》って……」

やり方によっては直截《ちょくせつ》的な言葉で誘うよりよほど怖がられそうだったが、そんなことはどうだってよかった。それをいま、大地が見たいのだ。

「大地くんって……おとなしそうな顔して、本当に意地悪ね」

奈津美が悔しげに唇を嚙みしめる。

両手を鏡につき、赤いTバックを桃割れに食いこませている彼女は、身震いを誘うほどエロティックだった。悔しげな表情さえいやらしすぎて、大地のほうこそ自慰《じい》がしたくなってくる。

「さあ、早く」

大地が急《せ》かすと、奈津美はいまにも泣きだしそうな顔で困惑した。しかし、彼女はすでに、欲情に火がついている。エレベーターの中での愛撫は、無駄になっていない。

「ううぅっ……」

恥ずかしげにうめきながら、おずおずと右手を股間に伸ばしていった。

(うわあっ、本当におっ始《ぱじ》めたよ……)

自分で命じておきながらそんなことを思ってしまうなんて、自分は本当に意地悪な男かもしれないと大地は反省した。

「ううぅっ……くぅうぅっ……」

突きだした尻を左右に揺らして、奈津美は自慰に耽《ふけ》っている。パンティ越しに割れ目を遠慮がちに刺激しているだけだが、それでも充分に感じるらしい。すでに息をはずませていて、半開きの唇が鏡に近づくと、白く曇った。

「声は出さないんですか?」

「えっ? 出すわけないじゃないの……」

「いつも?」

「そうです」

「声を出したほうが気持ちいいですよ」

揺らぐヒップの丘を、手のひらで撫でまわした。Tバックなので、尻丘は剝《む》きだしだ。剝き卵のようにつるつるの感触が、尻の丸みをなおさらいやらしく感じさせる。

「自分だって……ひとりでするとき声なんて出さないでしょ！」

奈津美は反論しつつも、尻を撫でられていることにはなにも言わない。もっと触ってとばかりに尻を突きだしてくる。

「オナニーで声出しますよ。出すに決まってるじゃないですか」

大地が桃割れに手指を忍びこませていくと、

「ああああっ……」

奈津美は淫《みだ》らに歪《ゆが》んだ声をもらした。

「触ってもらうと、声が出るんですね」

「言わないで……」

大地に割れ目をなぞりたてられた奈津美は、ひどく興奮していた。勢い、指の動きにも熱がこもったのだろう。必死になって声をこらえつつも、腰の動きが激しくなる。

「直接触ったらどうですか？」

大地の言葉を、奈津美は無視した。恥ずかしすぎて、直接触ることはおろか、言葉を返すこともできないらしい。

ならば、と大地は真っ赤なTバックショーツをめくりおろした。膝《ひざ》の近くまでさげてしまえば、彼女はもう、感じる部分を直接触るしかない。

「いっ、意地悪……どうしてそんなに意地悪するの？」

「自分でも意外なんですけどね。意地悪されると、奥さん燃えるみたいだし」

くんくんとわざとらしく鼻を鳴らしてやると、鏡に映った奈津美の顔は、紅潮しながらきつくこわばった。

たぶん自覚があるのだろう。下着から解放された奈津美の花は、発情の強い匂いをむんむんと漂わせていた。おそらく、相当濡らしている。

「かっ、嗅《か》がないでっ……匂いなんて嗅がないでっ……」

「手伝ってあげますから、もっとしっかりオナニーしてください」

大地は尻の双丘《そうきゆう》を両手でつかみ、ぐいっと割りひろげた。可愛らしくすぼまったセピア色のアヌスの下に、アーモンドピンクの花が見えた。まだ蕾《つぼみ》の状態だが、花びらの合わせ目はヌラリと光って、なにより匂いがかなり濃厚だ。

ふうっ、と息を吹きかけてやると、

「あううう－っ！」

奈津美は声をあげて腰をくねらせた。

「舐めてほしそうですね？」

答えない。

「舐めてあげますから、ちゃんと声をあげてオナニーしてくださいよ」

「くぅうーっ！」

奈津美のもらした苦しげな声は、自慰によるものではなかった。大地の舌が、花びらの合わせ目を舐めたからである。

ねろり、ねろり、と舐めつづけていると、彼女も自慰を再開せずにはいられなくなった。剝きだしの花に、直接指が触れた。クンニとオナニーの淫らな共演に、あられもない声をこらえていることなどできなかった。

「はぁああっ……はぁあああっ……はぁあああっ……」

四つん這いの腰をしきりにくねらせながら、奈津美は自慰に溺《おぼ》れていく。完全に勢いがついてしまったようで、大地が割れ目から舌を離しても、指でいじるのをやめようとしない。

「いい眺めですよ」

大地は熱っぽくささやきながら、背中のホックをはずした。真っ赤なカップを

めくり、汗ばんだ乳房をプルンと揺れはずませる。物欲しげに尖《とが》りかけている乳首をいじると、

「くうっ！」

奈津美は四肢《しし》をこわばらせて身震いした。まだ完全には羞恥心《しゅうちしん》を捨てきれない様子が、大地をどこまでも興奮させる。

指使いが激しくなるほどに、羞じらいを示す眉間《みけん》の縦皺《たてじわ》が深まっていった。鏡越しに恨《うら》みがましく睨んできつつも、絶頂が近づいていることを隠しきれない。黒い瞳が潤《うる》みきり、半開きの唇から熱い吐息を振りまいている。

「ダッ、ダメッ！」

奈津美が髪を振り乱して首を振った。

「もうイキそうっ……イッちゃいそうっ……」

切羽《せっぱ》つまった表情と声が、大地の興奮の炎に油を注いできたが、

「ひどいじゃないですか」

大地は奈津美の右手をつかみ、股間から離した。

「あああーっ！」

絶頂を逃したショックに、奈津美がやるせない悲鳴をあげる。

「どっ、どうして……イキそうだったのに……」

「ひとりでイクのはひどいと言ってるんですよ」

大地は奈津美の脚を、片方ずつ洗面台からおろした。立ちバックの体勢で尻を突きださせると、ズボンとブリーフをさげて勃起しきったペニスを露わにした。

「あああっ……」

きつく反《そ》り返った肉棒を目撃した奈津美は、眼尻と眉尻《まゆじり》を限界までさげた。それこそ、彼女が喉《のど》から手が出そうなほど求めていたものだった。

頭では、夫との関係修復のことも考えていただろう。おニューのワンピースを見せつけたあとの反応に、期待を募《つの》らせていたかもしれない。

しかし、肉体が求めているのは、ギンギンに硬くなったペニスだった。たとえ他人棒であろうが、目《ま》の当たりにすれば全身の細胞が反応してしまう。人間も動物である以上、本能には逆らえない。

「欲しいですか？」

コクコク、と奈津美はうなずいた。メイク映えする美しい顔が浅ましさにまみれ、息を呑むほどの色香《いろか》をしたたらせている。

大地は極太に膨張《ぼうちょう》した肉棒の根元を握りしめると、切っ先を濡れた花園にあてがった。狙いを定めてぐっと腰を前に送りだせば、亀頭が割れ目に沈みこんでいく。

「あううう|っ！」

声を跳ねあげた奈津美の中はよく濡れて、肉と肉とを馴染《なじ》ませる必要もなかった。大地はそのままずぶずぶと貫《つらぬ》き、ペニスを根元まで収めきった。

「あああっ……あああああっ……」

奈津美は鏡越しにこちらを見ながら、半開きの唇を震わせた。二年ぶりに咥《くわ》えこむ、生身の男根のはずだった。久しぶりすぎて、衝撃に言葉も出ない様子だ。

大地は後ろから生身の双乳《そうにゅう》をすくいあげた。まだ腰は動かさずに、やわやわとふくらみを揉《も》みしだきながら、彼女の上体をこちらに引き寄せる。いい具合に脂《あぶら》ののった背中もまた、熟女の色香に他ならない。

振り返ってあわあわと口を動かしている奈津美に、キスをした。お互いすぐに舌を差しだし、唾液《だえき》が行き来する激しいキスになっていった。

「むうぅっ……」

ディープなキスに淫《いん》しながら、大地の鼻息は荒くなっていく。奈津美の中に入っている勃起しきったペニスが、刺激を求めて身悶《みもだ》えている。それでも大地はなかなか、腰を動かさない。

「んんっ！」

早く動いてとばかりに奈津美が腰をひねった。大地はキスに続いて、奈津美の背中を舐めはじめた。背中の白い肌に唾液の光沢《こうたく》を付着させながら、両手では乳首をコチョコチョとくすぐってやる。

「ああっ、いやっ！」

奈津美は身をよじり、執拗《しつよう》に腰をひねってくる。もう辛抱たまらないとばかりに足踏みまではじめて、ピストン運動をおねだりする。

もちろん、大地にしたって一刻も早く動きだしたい。しかし、こうやって焦《じ》らしながら進めるのが、欲求不満の人妻を相手にする最大の悦《よろこ》びと言っていい。

「自分で動いてくださいよ」

大地が言うと、

「もう……」

奈津美は悔しげに唇を震わせた。

「どこまで意地悪なの」

言いつつも、尻を前後に動かしはじめた。尻を引っこめては突きだし、突きだしては引っこめて、勃起しきったペニスをしゃぶってきた。

健気《けなげ》な動きだった。必死さが伝わってきた。

しかし、バックスタイルで結合し、女が動くのは難しいのだ。やればやるほど、もどかしさが募っていくばかりだろう。

実際、鏡に映った奈津美の顔は、思ったように快楽が得られず、困惑しきっている。

「ほら、頑張って」

ピシッ、と奈津美の尻を叩いてやる。ごく軽い叩き方だったが、奈津美の顔は屈辱《くつじょく》にまみれ、いまにも泣きだしそうに眼尻を垂らす。

ピシッ、ピシッ、と大地は続けざまに左右の尻丘を叩いた。スパンキングプレイも嫌いではないが、いまやっているのは痛みや衝撃が少ない、からかうような叩き方だ。

「ううう っ……」

奈津美はうつむいてひと筋の涙をこぼした。思わず舌先ですくいたくなったくらい、美しい涙の粒だった。

「じっ、自分じゃ……うまくできないわよ……」

「僕に突いてほしいんですか？」

コクリ、とうなずいた。

「じゃあ、ちゃんとおねだりしてくださいよ」

奈津美は悔しげに息を吸いこみ、

「……突いて」

消え入りそうな声で言った。

「なにでどこを？」

奈津美が鏡越しにすがるような眼を向けてくる。

「そっ、そんなこと言わせないで……」

「じゃあ、自分で動くんですね」

「ううう……」

奈津美は唇を嚙みしめつつも、こみあげてくる欲望には抗《あらが》いきれない。諦観《ていかん》にまみれた顔でハーッと息を吐きだすと、

「オッ、オチンチンで突いてください」

「どこを？」

「ううう……オッ……オマッ……」

奈津美は卑語《ひご》を口にするかわりに、大粒の涙をボロボロとこぼした。ずいぶんと羞じらい深い人妻だった。もちろん、あっさり口にされるより、大地の興奮はかきたてられた。

（涙に免じて許してやるか……）

内心でつぶやくと、くびれた腰を両手でつかみ、ピストン運動を開始した。いきなりのフルピッチで、パンパンッ、パンパンッ、と尻を鳴らした。

「はっ、はぁあああああーっ！」

奈津美は甲高《かんだか》い声をあげてのけぞった。正面の鏡にタプタプ揺れる乳房を映しながら、眉間に深い縦皺を刻《きざ》んだいやらしすぎる表情であえぎはじめた。

3

（ずいぶん溜めこんでいたみたいだな……）

怒濤《どとう》の連打で突きあげつつも、大地は奈津美の観察に余念《よねん》がなかった。二年もセックスレスという話はどうやら嘘ではないらしい。絶え間《たえま》なく放たれる卑猥な声、淫らな百面相をやめない顔、なによりも熟《う》れたボディが悦んでいる。後ろから貫いているペニスに、ぶるぶるっ、ぶるぶるっ、と歓喜の痙攣《けいれん》が伝わってくる。

「たまらないみたいですね？」

大地が声をかけても、奈津美は言葉を返せない。ただいやらしすぎる声をあげて、熟れたボディをよじるばかりである。

「そろそろイキそうでしょう？　締まってきましたよ」

性器と性器の密着感に手応《てごた》えを感じた大地が言っても、きっぱりとスルーされた。実際、イキそうなのだろう。そして、よけいなことをされるより、このままイカせてほしいのである。

とはいえ、セックスはコミュニケーション。自分さえ絶頂をむさぼれればいいという、身勝手な振る舞いはいただけない。そういう態度を露骨《ろこつ》に見せると、相手の機嫌を損ねることになる。

スポンッ、と大地はペニスを抜いた。

「なっ、なにをっ……」

奈津美は焦《あせ》った顔で振り返った。

「なんでっ……なんで抜くの……」

「奥さんが無視するからでしょう？」

大地はその場にしゃがみこむと、尻の桃割れを両手でひろげた。剝きだしになったアヌスを、ねろねろと舐めまわした。

「ああーっ！　やめてっ！　変なところ舐めないでーっ！」

言いつつも、絶頂寸前だった体は反応してしまう。恥ずかしい排泄器官《はいせつ》を舐められているのに、両膝がガクガクと震えだす。

「お願いよ……意地悪しないで……オッ、オチンチン、入れてっ……入れてちょうだい……」

少しは素直になってきたようだが、甘い顔を見せるのはまだ早い。

「チンポを入れてほしいんですか？」

立ちあがって訊ねると、奈津美は切羽つまった顔でコクコクとうなずいた。

「入れてあげますよ」

大地は奈津美の双肩をつかんでしゃがませた。呆然《ぼうぜん》としている口唇《こうしん》に、愛液でヌラヌラと濡れ光るペニスを咥えこませた。

「ぅんぐーっ！」

奈津美は眼を白黒させ、鼻奥から悲鳴をあげた。彼女のようにおぼこいタイプは、自分の味のするペニスをしゃぶらされるなんて、屈辱以外のなにものでもないだろう。

それでも大地は、奈津美の頭をつかんで抜き差しを開始する。じゅぼ、じゅぼ、と音をたてて唇をめくりあげながら、顔ごと犯《おか》すような勢いでピストン運動を送りこんでいく。

「しっかり舌を使ってくださいよ。僕を気持ちよくしてくれないと、入れてもらえませんからね！」

「ぅんぐっ！　ぅんぐうぅーっ！」

奈津美は苦しげに鼻奥で悶え泣きながら、それでも健気に舌を使ってきた。こちらを気持ちよくするためというより、一刻も早く立ちバックを再開してもらいたいという願いが、彼女の舌使いにはこもっていた。

「たまりませんよ、奥さん。あんまり気持ちいいから、このまま出しちゃおうかなあ……」

大地の意地悪な言葉に、奈津美は涙を流しながらペニスをしゃぶった。

（まったくたまらない口マンコだ……）

五分以上じっくりとしゃぶらせてから、大地はペニスを口唇から引き抜いた。奈津美の顔は涙や涎《よだれ》で可哀相なほどに濡れ光っていた。それを拭う素振りでこっそり安堵の溜息をついたのを、大地は見逃さなかった。

ようやく立ちバックを再開してもらえる——奈津美はそう思ったに違いない。だが、安易に期待されても困る。大地にはまだ、彼女を天国に送ってやるつもりはなかった。

奈津美という女は、なんとなく男の嗜虐心《しぎやくしん》をくすぐるのだ。羞じらい深いくせに体は貪欲《どんよく》で、すぐイキたがる一方、焦らされると涙を流す。いずれひいひい言うほどよがり泣かせてやりたいけれど、その前にもう少しだけ意地悪がしたい。

「立ってください」

大地は奈津美の腕を取って立ちあがらせると、壁に背中をつかせた。洗面台の前の壁で、体の前面が鏡に映っている。

「よく濡れてますねえ」

大地は耳元でささやきながら、彼女の股間をまさぐった。

奈津美は眼の下を羞じらいの色に染めて顔をそむけたが、その横顔は次第にこわばっていった。

彼女は実際、内腿《うちもも》まで蜜を垂らしていて、それを確認するだけだと思ったのだろう。だが、大地の右手は本格的に仕事をした。ぴちゃぴちゃと音をたてて凹《くぼ》みに触れていたかと思うと、ねちっこく指を動かし、トロトロに蕩《とろ》けた柔肉《やわにく》をいじりまわしはじめたのである。

「くぅううーっ！」

クリトリスにまで指が届くと、奈津美は首に何本も筋を浮かべた。その顔は、生々しいピンク色に染まりながら困惑しきっていた。なぜ立ったまま延々と手マンをされるのか、理解できないようだった。しかも後ろが壁では、寄りかかることはできても、つかまるところはない。快楽に翻弄《ほんろう》されれば、立っていることもつらくなってくる。

「あううう一っ！」

奈津美がぎゅっと太腿《ふともも》を閉じたので、

「脚を開いてくださいよ」

大地は耳元で咎《とが》めるように言った。

「開いてくれないと、指が使えませんから」

言いつつも、指先を凹みにヌプヌプと差しこんでやる。右手は濡れた太腿に挟まれていたが、そういうことはできる。

「あああっ……」

指をもっと深く入れてほしいとばかりに、奈津美は両脚を開いていった。指を奥まで入れてやると、ぎゅっと眼をつぶった。恥辱《ちじょく》をこらえている表情がいやらしすぎたが、X字に閉じていた両脚がガニ股に開いていく光景は、それ以上のインパクトだった。

「いい格好ですよ」

耳元でささやいてやると、奈津美はそっと薄眼を開けた。正面は鏡である。ガニ股になっている自分の姿がよく見える。

「いやっ！」

奈津美は真っ赤になって、大地の右手をぎゅっと太腿で挟んできた。

「開いてくださいよ」

大地は空いていた左手で、奈津美の乳首をつまんだ。

「開かないとオマンコいじれないでしょう？」

「くぅうーっ！」

乳首を強く押しつぶしてやると、奈津美の両脚から力が抜けた。再び、恥ずかしすぎるガニ股になっていった。

（これはなかなかの眼福《がんぷく》だ……）

大地は鉤状《かぎじょう》に折り曲げた指を肉穴から出し入れしながら、奈津美にハッパをかけた。

「ほら！　ほら！　もっといやらしく、腰動かしてください」

「ああっ、いやあっ……いやあああっ……」

恥ずかしいガニ股姿で股間を刺激されている奈津美は、顔を真っ赤にしながら腰をくねらせている。これ以上なく羞恥心を揺さぶられていても、熟れた体は刺激を求め、サンバを踊るように激しく腰を動かしてしまう。

「もっ、もう許してっ！」

奈津美は涙声で哀願《あいがん》してきた。

「もう立ってられない……ベッドに……ベッドに連れてって……」

またもや頬に涙が伝った。本当によく泣く女である。

「もうちょっと頑張ってくださいよ」

大地は耳元で甘くささやいた。

「ふふっ。奥さんのエロエロダンスに感動して、ご褒美《ほうび》をあげようと思ってるんですから」

奈津美がハッと息を呑む。「ご褒美」というワードから彼女はペニスを想像したようだが、それは間違いだ。

大地は奈津美の足元にしゃがみこむと、豊かな陰毛を荒ぶる鼻息で揺らしながら、クンニリングスを始めた。

「あううっ！」

敏感な肉芽《にくが》に生温かい舌を感じ、奈津美はのけぞった。クリトリスはすでに半分ほど包皮《ほうひ》から顔を出しており、刺激を求めて震えていた。ねちっこく舐めまわしてやれば、奈津美が我を失うまで時間はかからなかった。

「ああっ、いやっ！　いやああーっ！」

髪を振り乱して首を振りつつも、股間は自然と開いていく。もっと舐めてと言わんばかりの無残なガニ股姿になって、いやらしいほど腰をくねらせる。

とはいえ、本当のご褒美はここからだった。

先ほどまでは中指一本で責めていたが、人差し指を加えた二本を、肉穴に深々と埋めこんだ。中で鉤状に折り曲げて、Gスポットを探りだす。ざらついた凹みを、ぐっ、ぐっ、ぐっ、と刺激しつつ、クリトリスを執拗に舐め転がす。

「ダッ、ダメッ……ダメようっ……もう立っていられない……」

奈津美は腰も膝もガクガクと震わせながら言ったが、

「そんなことはないでしょう」

大地は取りあわなかった。奈津美が腰を落としてこようとすれば、指をまっすぐに伸ばした。指先でコリコリした子宮を下から上に突いてやれば、奈津美は腰を落とすことができない。ただ涙を流しながらひいひいと声を絞ってよがり泣くばかりである。

「どっちが気持ちいいですか？」

大地は肉穴の中で、二本指を曲げたり伸ばしたりした。

「Gスポットと子宮、どっちがいい？」

奈津美はもう、言葉を返すことはできなかった。あられもなくよがり泣くばかりで、会話が成立しない。

ならば、と大地は二本指をしたたかに抜き差しした。鉤状に折り曲げた指先をGスポットに引っかけつつ、執拗にクリトリスを舐め転がした。

「はっ、はっううううーっ！」

洗面所に響き渡った悲鳴は、ただの歓喜の悲鳴ではなく、羞じらい色に染まっていた。二本指を抜き差しするほどに、ピュッ、ピュッ、と潮《しお》が吹いていた。ガ二股姿の彼女の足元には、みるみるうちに淫らな水たまりができていった。

4

洗面所で潮を吹かされた奈津美は、がっくりとうなだれた。快楽以上に、恥《はじ》をかかされたショックで動揺しているように見えた。

大地は彼女の肩を抱き、ベッドに向かった。潮を吹かせた満足感に浸《ひた》りながら、少し彼女を休ませてやろうと思っていたが、その必要はなさそうだった。

ベッドに横たわるなり、奈津美は大地に馬乗りになってきた。険しい眼つきでこちらを睨む表情は、まるで牝豹《めひょう》だった。

自分ばかり恥をかかされて怒っているのかもしれなかった。もちろんそれもあったのだろうが、唇を重ね、舌をからめあいはじめると、すぐに眼の焦点が合わなくなっていった。どうやら潮を吹いたことで、獣《けもの》のスイッチが入ってしまったらしい。

ひとしきり深いキスを続けると、奈津美は四つん這いのまま後退《あとじさ》っていった。大地の両脚の間に陣取《じんど》り、すぐさまペニスを口唇に咥えこんだ。

先ほどはこちらがリードするイラマチオで涙を流していたが、今度は自分から激しくしゃぶりあげてきた。「むほっ、むほっ」という鼻息からして荒々しく、根元からカリのくびれまで、強く吸引しながら唇をスライドさせてくる。

（うっ、うまいじゃないか……）

大地は思わず声を出してしまいそうになった。フェラチオはやはり、無理にしてもらうより、女から積極的にしてもらったほうが気持ちいい。とはいえ、長く快楽に身をゆだねていることはできなかった。

奈津美の目的はただの口腔奉仕《こうこうほうし》ではなかった。結合するために、ペニスに唾液を塗りたくりたかったのだ。

「ぅんあっ……」

こちらが拍子《ひょうし》抜《ぬ》けするほど早々にフェラチオを切りあげると、上体を起こして大地の腰にまたがってきた。

片膝だけを立てて性器を自分の中に導くその姿は、奥ゆかしささえ感じさせた。しかし、ペニスを根元まで咥えこみ、立てていた片膝を前に倒すと、驚くほどいやらしい腰使いを見せた。

最初はゆっくりだった。ボートを漕《こ》ぎだすような感じで股間を前後に動かしてきたが、十秒と経《た》たないうちに奈津美はリズムに乗り、フルピッチで股間をしゃくってきた。

「ああっ、いいっ！」

女のよがり顔には二種類ある。泣いてる系と怒ってる系だ。奈津美は先ほどまで泣いてる系のよがり顔だったし、実際涙も流していた。

しかし、騎乗位で男の上にまたがり、自分がリードする段になると、怒ってる系のよがり顔になった。

鬼気迫る眼つきで大地を見下ろしながら、腰振りのピッチをどこまでも速くしていく。タプン、タプン、と揺れる乳房の先端から汗の粒を飛ばしつつ、夢中になって性器と性器をこすりあわせる。

「ああっ、イキそうっ……もうイキそうっ……」

奈津美はまばたきをまったくせずに大地を睨みつけながら、腰を動かしつづけた。彼女の中はもうぐちょぐちょで、あえぎ声と肉ずれ音が卑猥なハーモニーを奏《かな》でている。

「ねえ、いい？　イッてもいい？　先にイッても……」

「あっ、ああ……」

大地はうなずくしかなかった。いつもならもう少し焦らしてやるのだが、鬼の形相《ぎょうそう》で絶頂を目指している彼女に、圧倒されていた。

「イッ、イクッ！　イクウウウウーッ！」

ビクンッ、ビクンッ、と腰を跳ねあげて、奈津美はオルガスムスに駆けあがっていった。達した瞬間にきつく眼を閉じ、快感を噛みしめるように半開きの唇を震わせた。

見事なイキッぷりだった。泣き虫なところもあるが、肉体の貪欲さは人妻の面《めん》目躍如《もくやくじょ》と言っていい。きっちりとイキきってからもしばらくは、ぶるぶるぶるっ、と全身を痙攣させていた。

「あああっ……」

糸の切れたマリオネットのように倒れてきた奈津美を、大地は両手をひろげて抱きしめた。ハアハアと息をはずませている背中を撫でると、熱く火照った肌が汗ですべった。そのまま、ぐったりとして体重をあずけてくる。

大地は内心でほくそ笑んだ。

どうやら、攻守交代のタイミングが訪れたようだ。騎乗位でも、女が四つん這いになったいまの格好なら、下から突きあげることが容易である。牝豹のような彼女もいやらしかったが、もう一度泣き顔に戻してやりたい。

しかし、大地が動くより先に、奈津美がキスをしてきた。興奮のせいか、彼女の口の中には驚くほど大量の唾液が分泌《ぶんぴつ》していて、舌をからめあっていると、やけに甘美な唾液が大地の口に流れこんできた。

奈津美はわざとやっているようだった。唾液にねっちょりと糸を引かせ、それを男に飲ませる。瞼《まぶた》をあげると、濡れた瞳が爛々《らんらん》と輝いていた。牝豹の時間は、まだ終わりではないらしい。

「ぅんんっ！　ぅんんっ……」

大地の舌をしゃぶりあげながら、奈津美は腰を動かしてきた。いや、腰というより全身だ。ムチムチした豊かな乳房を大地の胸に押しつけつつ、股間を上下させるように腰を使う。

勃起したペニスを、アクメの熱気がまだ冷めやらない肉穴で、ねちっこくしゃぶりあげてきた。彼女が上体を起こしていたときとはまた違う、新鮮な摩擦の快感が訪れ、お互いに身をよじらずにはいられない。

「いいのっ……すごくいいのっ……」

ささやきながら、奈津美の眼は焦点を失っていった。

「こんなに気持ちいいこと、二年もできなかったのよ……わたし、可哀相じゃない？」

大地は答えるかわりに両手で尻の双丘をつかんだ。さらに両膝を立てて、下から突きあげる体勢を整える。

「いま楽しめばいいじゃないですか？」

ずんずんっ、と突きあげてやると、

「あううう－っ！」

奈津美は身をよじって鋭い悲鳴をあげた。

「二年間できなかったぶん、イキまくっちゃえばいいですよ」

ずんずんっ、ずんずんっ、と大地は下から連打を浴びせた。奈津美の肉穴はぐしょぐしょに濡れているのに、いやらしいくらい吸着力が強かった。なんというか、蜜に強い粘り気があるような感じで、肉ひだの一枚一枚が生き物のようにペニスにからみついてくる。

突きあげる大地のリズムは、自然とそれを振り払うような速射砲になっていった。強く、速く、怒濤の連打を送りこんでやる。

「ああっ、いいっ！　いいいいい－っ！」

奈津美が半狂乱で身をよじった。

「きっ、きてるっ……いちばん奥まで、届いてるううーっ！」

子宮をしたたかに突きあげられた奈津美は、髪を振り乱して悲鳴をあげた。汗にまみれてヌルヌルになったふたつの胸のふくらみを大地の胸にこすりつけながら、二度目の絶頂に駆けあがっていく。

「はぁおおおおおーっ！　はぁおおおおおおーっ！」

大地にしがみついて、ぶるぶるっ、ぶるぶるっ、と激しく身震いした。肉穴がキュッと締まったので、絶頂に達したことは男根を通じて大地にも伝わってきた。大地にはまだ余裕があった。こちらからも彼女を強く抱きしめ、女体の痙攣を存分に味わった。

「……またイッちゃった」

ハアハアと息をはずませながら、奈津美が照れくさそうに言った。その顔は生々しいピンク色に染まりきり、オルガスムスの余韻《よいん》をしっかりと残していた。

可愛かった。

泣き顔の彼女も、鬼の形相で腰を振りたててきた彼女もそそったが、連続アクメに照れているいまの顔もたまらなく魅力的だった。

「僕が上になってもいいですか？」

耳元でささやくとコクンとうなずいたので、大地は奈津美を抱えたまま上体を起こし、彼女をあお向けに倒した。

正常位である。

大地が上体を起こしたまま奈津美の両脚をあらためてM字に割りひろげると、奈津美は恥ずかしそうに両手で顔を隠した。先ほどまでとのギャップがすごかった。もちろん、ギャップがある女のほうがセックスは楽しい。

「あんっ……」

内腿をフェザータッチでくすぐってやると、奈津美は身をよじった。性器は繫《つな》げたままだから、ずちゅっ、ぐちゅっ、と汁気の多い音がたつ。

大地の両手の指は、内腿から脇腹、乳房の裾野《すその》を行き来して、彼女の体をくすぐりまわした。

「いやんっ、やめてっ……」

奈津美が豊満な乳房を揺らして身をよじれば、また性器と性器がこすれあう。イッたばかりとはいえ、刺激が欲しくなってきたのだろう。奈津美は顔を隠している指をひろげて、物欲しげな眼つきで見つめてきた。

大地は動きはじめた。とはいえ、まずはゆっくりだ。根元からカリのくびれをスライドさせつつ、両手で双乳を揉みしだく。たわわに実《みの》った肉房《にくふさ》も揉み甲斐があるが、先端で汗にまみれている硬い乳首もいやらしい。

「あううっ……」

爪を使ってくすぐってやると、激しく腰をくねらせた。そればかりか、早く突いてとばかりに股間を押しつけてくる。下になっているくせに、いったいどこまでいやらしい女なのだろう。

（まあ、二年ぶりのセックスじゃ、しかたがないか……）

両手で隠している顔はもはや可愛らしさを失い、鬼気迫る欲情の表情になっているのだろうか。想像すると、大地の口許《くちもと》はほころんだ。再び我を忘れるほど乱れさせてやりたくて、腰使いに熱がこもっていく。

ずんっ、ずんっ、と強いストロークを打ちこむと、

「あああっ……」

奈津美は両手をひろげてハグを求めてきた。まだ鬼の形相にはなっておらず、眼尻を垂らしていた。抱きしめてキスをするのはやぶさかではなかったけれど、大地はあえてハグには応じなかった。上体を起こしているいまの体勢のほうが、両手を使って様々な愛撫ができるからだ。両脚をM字にひろげているあられもな

い姿だって、じっくりと観察できる。

悠然《ゆうぜん》としたピッチでストロークを送りこみながら、左右の乳首をつまんだ。押しつぶしたり、指腹でこすったり、爪を使ってくすぐってやると、奈津美は髪を振り乱してあえぎにあえいだ。挿入時《そうにゅう》に乳首を刺激されると、感じるタイプのようだった。

ならばこちらはどうだ——と結合部を見やった。左手を乳首に残しつつ、右手の親指で黒い草むらをかきわけ、クリトリスを探しだす。

「ダッ、ダメッ！」

奈津美が焦った声をあげた。

「そっ、そんなことしたら、すぐイッちゃうっ……」

どうやら、ピストン運動を送りこまれながらクリトリスをいじられる攻撃に弱いらしい。

「お願い、許してっ……そんなのすぐイッちゃうっ……すぐイッちゃうからっ……」

哀願しながら本当に下半身をぶるぶると痙攣させはじめたので、大地は愛撫を中断した。

そんなにすぐイカれてしまっては、こちらとしても面白くない。クリトリスをいじるかわりに、左右の足首をつかみ、大きく開いた。M字開脚から、V字開脚である。

「いやあああっ……」

奈津美は羞じらって顔をくしゃくしゃにしたが、たしかに羞じらうに値《あたい》する体位だろう。大地が上体を反らせるようにすると、結合部がよく見えた。ヌラヌラした光沢を放つペニスが、アーモンドピンクの花びらをめくりあげ、巻きこんでいくところが、つぶさにうかがえる。

「見ないでっ！　見ないでっ！」

叫びつつも、奈津美の興奮も最高潮に高まっている。肉穴の濡れ方、締まり方が尋常ではなかったし、汗まみれの乳房を勢いよく揺れはずませている。

このままオルガスムスに追いつめていこう、と大地は思った。眼福にペニスが限界まで硬くなっていた。バックスタイルや騎乗位も悪くないが、やはりフィニッシュは正常位だ。それも、こんなふうな恥ずかしすぎる格好でイカせてやるのは、たまらない。

人妻は貪欲だが、恥ずかしがり屋でもある。とくに奈津美はその傾向が強いから、果てたあとの表情を想像すると、ニヤけてしまいそうになる。

しかし……。

興奮しきった熱狂状態にいる彼女は、すでに羞じらいなど捨ててしまったようだった。

左手でむんずと自分の乳房を鷲《わし》づかみにすると、乳首を思いきりひねりあげた。そうしつつ、右手では股間をまさぐりはじめる。先ほどまで大地の親指がはじいていた敏感な肉芽を、中指で転がしはじめる。

（おいおい、さっきはお願いだからやめてと言ってなかったか……）

唖然とする大地を尻目に、

「はっ、はぁあうううううーっ！」

奈津美は獣じみた悲鳴をあげて、汗まみれの白い喉を突きだした。高々と掲《かか》げられた両脚、とくにむっちりと肉づきのいい太腿が、ぶるぶるっ、ぶるぶるっ、といやらしいほど痙攣している。

「すっ、すごいっ……すごい気持ちいいっ……ああっ、突いてっ……もっと突いてちょうだいっ……」

半開きの唇をわななかせている奈津美は、自分でももう、なにを言っているかわからない様子だった。

それほどまでに乱れている女とひとつになっていて、奮《ふる》い立たない男はいない。大地は息をとめ、渾身《こんしん》のストロークを送りこんだ。パンパンッ、パンパンッ、と音をたて、腰が浮きあがるほど突いてやると、

「ああっ、いいっ！　オマンコ気持ちいいーっ！」

奈津美は叫びながら、中指を高速ワイパーのように動かしてクリトリスをいじりまわした。

「イクッ……もうイクッ……イクイクイクッ……はぁあああーっ！」

ビクンッ、ビクンッ、と腰を跳ねさせて恍惚《こうこつ》の彼方へゆき果てていく奈津美を見下ろしながら、大地は圧倒されていた。

敵《かな》わないな、と思った。

まったく、人妻という生き物は、いやらしすぎて最高である。

# 第四章　夫バレの恐怖

## 1

浪人時代に人妻の魅力に取り憑《つ》かれ、十年近く彼女たちとのセックスを楽しんできた大地であるが、どんな相手でも逢瀬《おうせ》は一度きりと決めている。

会う前にメールのやりとりをし、性格や性癖を理解するために多少は深い話もするけれど、肉体関係はひと夜限り。どれほど熱い一夜を過ごしても二度目はなく、メールのやりとりも中止する。

そういうルールを自分に課すようになったのは、ある事件がきっかけだった。もう五年ほど前のことになる。大学四年生の秋の話だ。

大地は単位をあらかた取ってしまい、あとは卒論を書くだけという、わりとのんびりした毎日を送っていた。友達と会うこともなく、卒論の資料集めに近所の図書館に通うだけの静かな生活が新鮮で、普段は考えることがない自分の来《こ》し方《かた》行く末について思いを馳《は》せたりしていた。

図書館には制服姿の高校生カップルが多くいた。図書館でデートするような真面目っ子同士なので、キスもしていないような初々《ういうい》しい雰囲気だった。

大地は年下の彼らが少し羨《うらや》ましかった。セックスだけなら、大学の四年間で人妻相手にずいぶん場数を踏んだけれど、恋人ができたことはない。できてもすぐに性の不一致で別れてしまう結果になった。

欲求不満の人妻との濃厚な、火花を散らすようなセックスに淫《いん》していた大地にとって、同世代の女は淡泊《たんぱく》すぎた。十代後半や二十代前半の女は性感が未発達なので、退屈なセックスしかできなかった。

そんな自分でも、将来結婚したりするのだろうか？　あるいは、四十になっても五十になっても、人妻の尻を追いかけまわしているのか？

そんなことをぼんやり考えながら書架《しょか》の前をうろうろしていると、

（また来てる……）

ひとりの女が眼にとまった。

年は三十代半ばだろうか。やたらと小顔で体形はスレンダー、原色を組みあわせた派手な柄のワンピースを着ていた。若いころは読者モデルをやったり、合コンの女王と呼ばれていたりして華やかな毎日を送っていたけれど、いまは結婚して落ちつきました、というような雰囲気の人だった。

いつも同じソファ席に座り、膝《ひざ》の上に置いた分厚い本をパラパラとめくっては、深い溜息をついている。真剣に読書している様子ではなく、視線はいつだって遠くをさまよっているように見えた。

こう言っては申し訳ないけれど、図書館に日参《にっさん》するようなタイプではない。ワンピースも派手ならハイヒールも高く、化粧も濃い。それらが似合っていないわけではなく、似合っているから、図書館にいると場違いなのである。

なのに、毎日のように見かけている。長閑《のどか》な昼下がりから閉館近くまで、他に行くところがないという空気を振りまいて……。

（まずい……）

視線に気づかれてしまったのか、女が顔をあげた。大地はあわてて書架のほうを向き、本を探しているふりをした。カツ、カツ、カツ……とハイヒールの音が迫ってくる。

女がやってきたのだ。横眼で様子をうかがうと、険しい表情をしていた。彼女はかなりの美人だった。美人が険しい表情をすると、怖い……。

ハイヒールの音が背後でとまった。二秒、三秒、四秒……声をかけられることはなく立ち去っていったが、甘い匂いが鼻についた。女のつけている香水の匂いだった。

大地の鼓動《こどう》は乱れた。

いままで嗅《か》いだことがないような、なんともいやらしい匂いだった。

単なる香水の匂いではなく、彼女自身の体臭も混じって熟成された、生々しい牝《めす》の匂い——もう少しで勃起《ぼっき》してしまうところだった。

その図書館は広い公園の中にあり、日が暮れると、あたりは都心とは思えないほど深い闇に包まれる。

暗くなるほどに冷たくなっていく秋風に吹かれながら、大地はベンチに座っていた。

あの女を待っていた。

なんとなく、誘われたような気がした。

声をかけられたわけでもなく、すれ違い様に香水の匂いをこちらが感じただけなので、勘違いの可能性は大いにあった。それでも、大地は確信していた。彼女は誰かと話をしたがっている、と。

少なくとも、彼女は暇《ひま》をもてあましている。それは間違いない。誘い方さえ間違えなければ、お茶くらいは付き合ってもらえるだろう。

女が図書館から出てきた。スレンダーなスタイルのせいか、それとも高すぎるハイヒールを履いているからか、大股で歩く姿がやたらと様になっていた。まるでランウェイを闊歩《かっぽ》するスーパーモデルのようである。

「すいません」

小走りで近づいていき、声をかけた。

「いつもいますよね、図書館に……」

女はキョトンとした顔を向けてきた。近くで見ると小顔はますます小さく、眼鼻立ちはたじろいでしまいそうになるくらい整っていた。

「いや、あの、驚かせちゃってごめんなさい。でも、その……どうしても話がしてみたくて……」

「もしかして、ナンパですか？」

女が言った。こちらはあきらかに年下なのに、敬語を使ってきた。スーパーモデルのように堂々と歩いているにしては、丁寧《ていねい》な人だ。

「まあ、その……ナンパと言えばナンパかもしれませんねえ……」

大地が頭をかきながら苦笑すると、

「わたし、ナンパされたの初めてです」

女は真顔で言ってから、口の端だけで少し笑った。大地は内心で首をかしげた。モテないタイプには見えないのだが、嘘をついている感じでもない。ガードが堅いというのとも、少し違う。

美人なのは間違いないが、眼つきが哀しげなので、どこか自信がなさそうに見える。その一方、派手な柄のワンピースや高すぎるハイヒールは、美しさを誇るようなコーディネイトなので、ちぐはぐな感じがする。いったいどういう人なのだろう？

そのとき、高校生のカップルが、キャッキャとはしゃぎながら近くを通りすぎていった。

彼女は遠い眼でその後ろ姿を眺め、

「羨ましいですよねえ……」

長い溜息をつくように言った。

「わたし、親がとても厳しかったから、あんなふうに青春を謳歌《おうか》できなかったたんです」

「箱入り娘ですか？」

「いえ……そんなたいそうなものじゃないですけど……」

力なく首を横に振ったが、年下にも敬語を使うように躾《しつ》けられているのだから、いいとこのお嬢様だったに違いない、と大地は思った。

しかし、にもかかわらず彼女から漂ってくるのは、負のオーラばかりだった。もうはっきりと、不幸の匂いがしていると言ってもいい。

まだ大学生だった大地には、それが大人びた色気に感じられてしまった。美しい横顔に差す暗い影が、なんとも言えないセクシーさとなって、美貌を際立たせているように思えた。

要するに若かった。いまなら絶対、不幸の匂いがする人妻になんて近づかない。その手の女に近づかなくても、欲求不満の人妻なんてたくさんいる。

だが、そのときは俄然《がぜん》、前のめりになってしまった。

もちろん、不幸な匂いだけに惹《ひ》かれたわけではない。

秋風に乗って、彼女からはなんとも言えないいい匂いが漂ってきていた。生々しい牝の匂いが……。

大地は当時、都心にあるけっこう立派なマンションに住んでいた。

子供のころから可愛がってくれていた叔父の自宅だった。叔父は商社マンなのだが、二年間の海外転勤が決まり、家族を連れて機上の人となった。大地は毎日欠かさず掃除をすることを条件に、格安の家賃で住まわせてもらっていた。ファミリータイプの3LDKだ。リビング横の和室の襖《ふすま》をすべて開け放てば、LDKが二十畳近くになる。

「すごく広いんですね……」

図書館でナンパした人妻は、千栄子《ちえこ》と名乗った。富裕層の匂いがプンプンしていたが、そんな彼女でも驚いたくらいの豪華マンションだった。どう見ても、大学生がひとり暮らしをするようなところではない。

「二年間限定ですけどね。自分で借りるとなったら、ワンルームがせいぜいですよ」

「羨ましいな。わたし、ひとり暮らしってしたことがないから……」

「僕も実家が都内なんで、初めてのひとり暮らしなんです。この自由は、一度味わうともう手放せませんね。たとえボロアパートに引っ越すことになっても、ひとり暮らしは死守するつもりです」

大地は千栄子にソファをすすめた。

「ええーっと、コーヒーと紅茶、どっちがいいですか？」

「そんなのいいから、座ってください」

千栄子は力ない笑みを浮かべて、ソファの隣をポンポンと叩いた。

「話を聞いてくれるって約束じゃないですか」

「いや、まあ……そりゃもちろん、聞きますけども……」

大地は苦笑しながら隣に腰をおろした。

ちょっとお茶でもしませんかと誘ってみたところ、千栄子は長く逡巡《しゅんじゅん》したすえに、話を聞いてもらえるなら、という条件で了解してくれた。なんの話なのかは教えてくれなかったが、身の上話であることは想像がついた。おそらく、あまり幸福とは言えない……。

しかし、図書館の近くではカフェの類《たぐ》いが見つからず、チェーン系の居酒屋に入ろうとすると、千栄子は途端に不機嫌になった。

「こういうところ、あんまり入りたくありません」

アルコールが苦手なのか、安っぽい造りの店が嫌なのか、理由は教えてくれなかったが、態度は頑《かたく》なだった。

「それじゃあ、うちに来ます？　歩いて十分くらいですから」

自棄《やけ》になって不躾《ぶしつけ》なことを口にすると、千栄子は機嫌を直して快諾してくれた。判断基準がよくわからない人だった。明るい居酒屋より知りあったばかりの男の自宅を選ぶなんて、こちらに下心があったらどうするのだろう……。

とはいえ、大地にそんなつもりはなかった。

性欲を疼《うず》かせていたわけではなく、美しさと不幸の匂いが交錯《こうさく》している、千栄子の不思議なキャラに魅《み》せられていた。ただ話をするだけでも、充分に好奇心を満たされそうだった。

なのに……。

大地が隣に座るなり、千栄子は身を寄せてきた。腕をつかまれ、すがるような眼で見つめられた。

あまりに無防備なその表情に、大地の心臓は早鐘《はやがね》を打ちだした。一瞬、思考回路が停止してしまい、気がつけば唇を重ねていた。

「うんっ……んんっ……」

舌を差しだしてきたのも、彼女のほうからだった。熱い吐息をぶつけながら、大胆に舌をからめてきた。

吐息の匂いが甘酸っぱかった。それを意識した瞬間、大地は嗅覚《きゅうかく》が敏感になった気がした。派手なワンピースに包まれている体から放たれているセクシャルな匂いに、男心を挑発された。

「いや、あの……話はどうなったんですか？」

泣き笑いのような顔で訊《たず》ねた大地を尻目に、千栄子は立ちあがってワンピースを脱いだ。

下着は薄紫色だった。上品なラベンダーカラーだ。

ずいぶんとスレンダーな体形をしていた。もっとはっきり、痩《や》せすぎていると言ってもいい。

ブラジャーのサイズはAカップかせいぜいBカップで、控えめな隆起《りゅうき》が手のひらにすっぽりと収まりそうだった。おしゃれをするには痩せているほうが有利だが、男の眼から見ると貧相と言わざるを得ない。

そのかわり感度はすさまじく高く、ルビー色に輝く乳首はちょっと触れただけで鋭く尖《とが》った。吸いたてるとリビング中に響き渡るような悲鳴をあげ、細い体をよじりまわした。びっくりするような反応の激しさだった。

胸が平べったくても、尻が小さくても、反応の激しい女は、男を燃えさせる。もっと感じさせてやりたくなる。

そのうえ、千栄子は妙にいやらしい匂いのする香水をつけていた。裸になると、その匂いはますます濃厚になり、大地を熱狂に駆りたてた。

ただの香水ではなかった。千栄子の体臭——肌そのものの匂いに加え、汗の成分がかなり多く含まれているようだった。それゆえ、発情の汗をかけばかくほど匂いが濃厚になっていった。

お互い裸になり、体をまさぐりあうようになった時点で、大地の頭の中は真っ白になっていた。

自宅で事に及ぶ場合、普段なら寝室として使っている和室に布団を敷き、襖を閉める。密室感があるところで、ムーディな照明をつけたほうが、羞《は》じらい深い人妻でも欲望を解き放ちやすいからだ。

しかし、そのときばかりは、リビングのソファの上で、蛍光灯《けいこうとう》が煌々《こうこう》と灯《とも》っている下、体を重ねてしまった。

千栄子が愛撫《あいぶ》を中断することを許してくれなかったし、大地自身もまた、そんな彼女に興奮しきっていた。

クンニとかフェラとかをすることさえ煩《わずら》わしく、あお向けになっている千栄子の両脚の間に腰をすべりこませた。手マンをしただけで、彼女は内腿《うちもも》がキラキラと輝くくらい濡らしていた。

「あああっ！」

硬く勃起したペニスで貫《つらぬ》くと、千栄子は細い体を反《そ》り返した。弓のようなしなやかさにも驚いたが、締まりが異常によかった。奥までヌルヌルになっているにもかかわらず、ペニスを食いちぎらんばかりに締めてくる。

初めての抱き心地に、大地は唸《うな》った。

そのときまでは、女の体は豊満なほうがいいと思っていた。極端に太っているのは願い下げだが、乳房や尻に丸みがあり、たっぷりと肉がついていてこそ、女らしい体形だと思うからだ。

しかし、千栄子と体を重ねて、例外があることを知った。

ピストン運動を送りこんでいくと、あえぎ声を撒《ま》き散らしながら、長い手脚を大地の体にからみつけてきた。なんというか、まるで蛇にからみつかれている感じだった。それがとても心地よかった。切実に求められている実感があった。

「ああっ、突いてっ！　もっと突いてえっ！」

涙眼で見つめられながら叫ばれれば、若い大地は渾身《こんしん》のストロークを送りこまずにいられなかった。怒濤《どとう》の連打で翻弄《ほんろう》した。

「ああっ、イクッ！　イッちゃうううーっ！」

喉《のど》を突きだしてガクガクと腰を震わせた千栄子は、淫《みだ》らなほどに身をよじりながら、恍惚《こうこつ》の彼方にゆき果てていった。そのイキ方もまた、若い大地を圧倒する熟女の凄《すご》みが滲《にじ》んでいた。

「わたしもう、離婚しようと思うんです……」

千栄子が言った。ソファの上での情事が終わり、お互いまだ裸だった。彼女の顔にはアクメの余韻《よいん》がありありと残り、呼吸さえ完全に整っていなかったが、話さずにいられないという感じだった。

大地は彼女に腕枕をしてやりながら、黙って耳を傾《かたむ》けていた。

千栄子が離婚を決意したのは、夫のマザコンがひどいからだという。一流企業に勤め、外面《そとづら》は異常にいいのだが、実際はなんでも母親に相談しなければ決められない。母親も母親でそんな息子を溺愛《できあい》し、いまどきあり得ないほどの強権を発動するらしい。

「料理の味つけが違うとか、掃除の仕方がなってないとか、そういうことを言われるのは、同居を決めた時点で覚悟してましたけど……」

夜の営みにまで口を挟んでくるようになり、さすがに呆然《ぼうぜん》としたという。

「あなたには色気が足りないから、これから寝るときはこれを着なさいって……なにを渡されたと思います？　白いセーラー服ですよ。わたしもう三十五歳なのに……冗談じゃなくて完全に本気で、それを着ないと夫も機嫌を悪くするし、話は姑《しゅうとめ》にも筒抜けですから、延々とお説教……夫婦にとってセックスがどれだけ大切かって……もう頭がどうにかなりそう……」

マザコンの上にロリコンというだけでも恐ろしい夫だったが、さらに普通のセックスができないらしい。

「来る日も来る日も、口ですることばっかり求められて……しかもセーラー服を着て……わたし風俗嬢じゃないのよって何度も言おうとしました……そんな男と結婚した自分が、みじめでみじめで……」

か細く声を震わせている千栄子を、大地は抱きしめた。一刻も早く離婚すべきだと思った。そんな男と一緒にいて、幸せになれるわけがない。

しかし彼女には、理不尽《りふじん》な結婚生活を耐えなければならない理由があった。義父の経営する会社は、千栄子の父親が経営する会社の取引先なのだ。パワーバランスは義父の会社のほうがはるかに上。となれば、離婚をすれば実の父親に多大な迷惑をかけてしまう。

「それでもわたし、もう我慢できません……弁護士を立てて離婚するために、図書館でいろいろ勉強して……」

「それがいいですよ」

大地はうなずいた。

「お父さんだって、娘にそんな思いをさせてまで、商売を優先したいわけじゃないでしょう。もしそうなら、お父さんのほうが間違ってる。いずれにしろ、千栄子さんは自分のために生きるべきだ」

「ううう っ……」

千栄子は大地にしがみついて泣いた。大地の胸が涙でびしょ濡れになるまで、延々と……。

ほだされてしまった。まだ学生の分際で、彼女の力になりたいなどと、大それたことを考えてしまった大地は、彼女にひとつ、提案をした。

「荷物をまとめて、ここに逃げてきたらどうです？」

「えっ……」

「そんなひどい夫や姑さんがいる家なんて、いますぐ出るべきですよ。事情が事情だけに、実家にも帰りづらいだろうし。ここに身を隠しながら、弁護士を立てて離婚の準備を進めればいい」

「本当に？」

顔中を涙で濡れ光らせながら、千栄子はすがるような眼を向けてきた。

「もちろんですよ」

大地は抱擁《ほうよう》を強めてキスをした。その浅はかな提案が、これから大変なトラブルを巻き起こすのも知らないで……。

2

同棲と呼ぶにはあまりにも短い期間だが、兎《と》にも角《かく》にも一カ月近く女とひとつ屋根の下で暮らした経験は、人生でたった一度きりだ。

大地は、家出してきた千栄子を自宅マンションに招き入れた。二年間限定で叔父から借りているその部屋はファミリータイプの３ＬＤＫなので、空いている部屋を使ってもらうことにした。

それでも、家にいるときにはほとんど一緒に過ごしていた。いつだって、体の一部が彼女に触れていた。色ボケと揶揄《やゆ》されてもしかたがないくらい、セックスばかりしていた。

すらりと細身の千栄子は、見た目とは裏腹に、異常に抱き心地のいい女だった。バストやヒップの肉づきが豊かなほうが女らしい体形だと思っていた大地にとって、それは新鮮な体験だった。

体の相性がよかった、と言ってもいい。とにかく延々とやり続けていた。強い意志をもってそうしていたわけではなく、大地が射精を果たすと千栄子がお掃除フェラをしてくれるので、こちらもお返しにクンニをせずにはいられない。後戯のつもりがいつしか本気の舐めあいになり、濃厚なシックスナインをしているうちに我慢できなくなってまた結合――そんなことを朝から晩まで一日中繰り返していた。

卒論もそっちのけで、とんでもない自堕落《じだらく》な生活を送っていたわけであるが、卒論の締め切りは年明けなので、まだ気持ちに余裕があった。

セックスをしていないと千栄子の愚痴《ぐち》がひどいので、抱かずにはいられなかった面もある。

彼女が夫や姑に受けた仕打ちには同情すべきところがあるものの、むせび泣きながら延々と恨《うら》み節《ぶし》を唱《とな》えるのに付き合わされるのは、さすがにつらいものがあった。

それならセックスしていたほうがずっといい。千栄子は美人だし、スタイルはモデル級だし、なにより男とのスキンシップに飢《う》えていて、セックスに対する好奇心も旺盛《おうせい》だった。

「オナニーしてるところ見てみたいな」

と頼めば、羞じらいながらも応《こた》えてくれる。ただのオナニーだけではなく、全裸でベランダに出て、立ったまましてほしいなどという無茶なリクエストをしても、やってのける。

そして燃えるのだ。眉間《みけん》に縦皺《たてじわ》を寄せた恥ずかしそうな顔をしつつも、誰かに見つかるかもしれないというシチュエーションに興奮する。スリルを利用して性感を高めることが自然にできる。

「すごいですね。もう内腿までベトベトじゃないですか」

女が燃えれば、男も燃えないはずがない。大地も全裸になってむしゃぶりついていき、立ちバックで後ろから貫いていく。高級マンションのベランダで……。

「ダッ、ダメッ……声が出ちゃうっ……」

千栄子は必死に声をこらえながらも、白い素肌を生々しいピンク色に染めあげて、発情しきっていく。ペニスを咥《くわ》えこんだ女の割れ目から、とめどもなく嬉し涙を流しつづける。

「見たいやつには、見せてやればいいですよ」

大地は正常な判断力をすっかり失《な》くして、腰を使った。若さにまかせた渾身のストロークで千栄子を翻弄した。パンパンッ、パンパンッ、と乾《かわ》いた音をたてて尻を打ち鳴らせば、

「イッちゃうっ……そんなにしたら、イッちゃうってば……」

千栄子はそこがベランダであることも忘れて、ひいひいと喉を絞《しぼ》ってよがり泣く。しなやかな細い体を激しく震わせながら、絶頂に駆けあがっていくのだ。

（なんて抱き心地のいい女なんだ……これが体の相性ってやつなのか……）

大地の脳味噌《のうみそ》は完全にピンク色に染まっていた。人妻とマンションに籠《こ》もってセックスまみれの一カ月——暇な大学生でなければできなかった、恥ずかしすぎる青春の一ページと言っていい。

千栄子とのセックスはすればするほどよくなっていった。肉欲をむさぼったの

ちにつく眠りは夢を見る暇もないほど深く、眼を覚ますと異様にすっきりしていた。毎日元気だった。肌までなんだかつるつるになって、セックスというものは体にいいものだと実感した。

問題は食事だった。

当時はまだ、ウーバーイーツが日本に上陸していなかった。家にある食料を食べ尽くすと、デリバリーのピザや中華で飢えをしのいだ。ただ、そういう濃い味のものは飽きやすいし、久しぶりに外の空気も吸いたくなって、大地はひとりでスーパーに買い出しに出た。朝から二度のセックスをして、精根《せいこん》尽き果てた昼下がりのことである。

「料理できます？」

と千栄子に訊ねたところ、笑って誤魔化《ごまか》されたので、自分でなにかつくるつもりだった。大地は実家にいたときから、料理をよくしていた。白いごはんと味噌汁と焼き魚など、普通のものが食べたかった。

「ううっ……」

マンションを出た大地は、顔を押さえて立ちどまった。

荒淫《こういん》のあとは、太陽が黄色く見えるという話を聞いたことがあった。試しに見てみると、激しい眩暈《めまい》が襲いかかってきた。黄色いかどうかはわからなかったが、とにかくまぶしくてしかたがなかった。住宅街の道をふらふらしながら歩いていると、黒塗りの高級セダンに追い抜かれてよろめいた。細い道なのにスピードを出しすぎていて、もう少しで轢《ひ》かれるところだった。

「危ねえな……」

スモーク入りのリアガラスを睨《にら》みつけると、クルマはキキーッとタイヤを鳴らして急停車し、後部座席のドアが開いた。

大地は身構えた。やくざのクルマだったのか？　と怯《おび》えた。

しかし、おりてきたのは、和服に身を包んだ六十歳くらいの女と、背は高いがやたらと気の弱そうな顔をした四十歳くらいの男だった。やくざや反社には見えず、そのかわりに富裕層の匂いがした。

「あなた、大道寺大地さんね？」

和服の女が言った。かけたメガネに薄い紫の色がついていた。

「そっ、そうですけど……なにか？」

大地はあわてて記憶をまさぐった。どう考えても知らない人たちだった。

「千栄子の義理の母です」

女はひどく冷めた声で言った。

「こっちは、千栄子の夫。そこまで言えば、何用で来たのか察していただけますわよね？」

大地はにわかに言葉を返せなかった。顔から血の気が引いていき、手脚が小刻《こきざ》みに震えだした。

「大学生の分際で、人の家の嫁を囲ってなに考えているのかしら？」

千栄子の姑は吐き捨てるように言った。

「もしわたしたちが訴えたら、あなた、卒業目前の大学から放りだされることになるのよ」

大地の震えは激しくなっていくばかりだった。家出した千栄子を匿《かくま》っていることは完全にバレている。それだけではなく、この人たちはあらゆることを調べあげたうえで、ここに乗りこんできたのだ。

口先だけで誤魔化すことなど、とてもできそうもない。

運転手つきの高級セダンで連れていかれたのは、外資系高層ホテルの会議室だった。

いまでこそ当日割を賢く使って人妻を高級ホテルにエスコートする技を身につけた大地だが、大学生だった当時は、外国人ビジネスマンが闊歩している凛《りん》としたロビーのムードだけで気圧《けお》されてしまった。

会議室には長い机が置かれていて、十人くらいは座れそうだった。大地はそこで、千栄子の夫と姑に相対《あいたい》した。

夫の名前は克彦《かつひこ》で、姑のほうは和江《かずえ》というらしい。もちろん名字は、千栄子と一緒だ。

きびきびと動く黒服の男がコーヒーを運んできたが、大地は手をつけられなかった。これは人生最大の修羅場《しゅらば》だと思った。悪いのはこちらだ。これからどんな断罪を受けるのかと思うと、生きた心地がしなかった。

ところが……。

「わたしたちもね、もう懲《こ》りごりなんですよ……」

和江は深い溜息をつくように言った。路上で対面したときは険しい表情をしていたのに、いまその顔に浮かんでいるのは、疲労感ばかりだった。

「千栄子さんに振りまわされるのに、うんざりしてるんです。こんなことがいままでいったい何回あったか……男の前ではいい顔してるんでしょうけど、あの女はね、とんでもない男好きの性悪なの」

大地はキョトンとしてしまった。てっきりキレられると思っていたのに、愚痴をこぼしている。話の方向性が見えない。

「つまり、あなたも被害者みたいなものなのね。あの女の毒牙《どくが》にかかった……いったいどうやって誘惑されたのかしら……」

「いや、その……」

大地は口ごもった。誘惑された覚えはないが、嘘をつくには準備が不足していた。とりあえず、正直に答えることにする。

「彼女とは……図書館で知りあいました」

和江と克彦は眼を見合わせた。ふたりとも口許《くちもと》に薄い笑みを浮かべていた。失笑、という感じだった。

「ハッ、図書館ですって！　はっきり言いますけど、千栄子さんが本を読んでいるのなんて、見たことありませんよ。そんな教養のある女じゃないもの。本当に嘘ばっかりな女ね」

和江の上から目線に大地はカチンときてしまい、

「離婚について調べていたとか……」

早々に切り札を切ってやった。

「真剣に離婚を考えているようでしたが……」

「それも嘘。そうやって男の気を惹きたいだけ」

和江が鼻で笑う。母親がなにか言うたびに、隣の克彦は深くうなずいている。気弱そうな顔立ちと相俟《あいま》って、彼がマザコンというのは見ているだけで伝わってきた。その点について、千栄子は嘘をついていないようだが……。

「それであなた、どうするつもりなの?」

「どうする、と言いますと……」

「千栄子さんと結婚する気があるわけ?」

「えっ……」

大地はあわてて首を横に振った。

「僕まだ大学生ですよ……」

「でも、千栄子さんから離婚の相談を受けたんでしょう? それで匿うってことは、あなたが責任をもつってことじゃないのかしら?」

「いや、それは……」

切り札を切ったことが裏目に出てしまった。和江の言うことはもっともだったが、大地にそこまでの覚悟はなかった。

「わかってないみたいだけど、わたしたちが裁判起こすとしたら、被告になるのはあなたなのよ」

「いや、でも、千栄子さんに離婚の意志があるわけだし……」

「千栄子さんに離婚の意志があろうがなかろうが、現状はまだうちの嫁なんですからね。法律上、悪いのはあなた。うちの家庭を壊した極悪人として、裁判所で裁《さば》きを受けることになります」

大地は青ざめた。

「そんなことになったら、ご両親は泣くでしょうね。大学も卒業を目前にして放校。当然、就職もできない……慰謝料だって何十万じゃすみませんよ。少なく見積もっても三百万……」

そこまで言われて、大地はようやく自分のしでかした事の重大さに気づいた。千栄子を助けてやりたい気持ちに嘘はなかった。しかし、すべてを失う覚悟なんてありはしなかった。すべてを失い、なおかつ借金を背負い、さらには千栄子の将来にまで責任を負うなんてできるはずがない。

大地はただ、たまたま広いマンションに住んでいたから、千栄子を匿えると思ったただけだった。匿えば、毎日セックスできるだろうと……。調子に乗っていたのだ。広いマンションだって、自分のものではない。期間限定で叔父に借りているだけなのに……。

「どうしたのかしら？　顔色が悪いわよ」

和江が勝ち誇った顔で言った。

「裁判起こされるの、嫌なのかしら？」

「そっ、そんなの……嫌に決まっているじゃないですか！」

大地は叫ぶように言った。正直言って怖かった。調子に乗って人妻とのセックスに溺《おぼ》れたばかりに、未来がいま閉ざされようとしていた。誰かに相談したくても、相談できそうな相手が思い浮かばなかった。

「助けてあげましょうか？」

和江がわざとらしいほど甘い声で言った。

「わたしたちの味方になりなさい。わたしはね、もうずいぶん前からあんな性悪な女とは別れなさいって言ってるのよ。ねえ、克彦さん」

「はっ、はいっ！」

克彦が背筋を伸ばして返事をする。滑稽《こっけい》だったが、とても笑えない。

「まだ未練があるからって泣きつかれて、いまのいままで我慢してきましたけど、もう限界」

大地は混乱していくばかりだった。和江も克彦も、千栄子を家から追いだしたいなら、さっさと離婚すればいいだけではないか。なのになぜ、こちらばかりが極悪人として裁きを受けなければならないのだ。

「あのう……いったい僕にどうしろと？」

大地が小声で訊ねると、

「だから！」

和江にキッと睨まれた。

「克彦さんのあの女に対する未練をね、すっぱり断ち切れるように協力していただきたいの！」

会議室での話しあいは続いた。

時計を確認したら一時間ほどだったが、大地には十時間にも感じられる長い話しあいだった。

姑の和江によれば、千栄子の本性はとんでもない性悪で、いままで何度となく浮気や家出を繰り返してきたらしい。

大地はもちろん、そのまま鵜呑《うの》みにしたわけではない。和江のキャラは前時代的な姑そのままだし、夫の克彦も見るからにマザコンだった。このふたりがタッグを組み、嫁である千栄子をねちねちいじめている光景を想像するのは、難しいことではなかった。

たとえ千栄子が過去に不祥事を起こしているとしても、嫁いびりのストレスから逃れるためだったとすれば、一方的に断罪するのはおかしいのではないか。

それでも大地は、和江の提案を受け入れることにした。

裁判など起こされたらたまったものではないし、両者の思惑は離婚という点で一致しているからである。

「僕が協力してご主人の未練が断ち切れて離婚になった場合、僕を訴えるってことはないんですね？」

大地が念を押すと、

「ふっ」

と和江は鼻で笑った。

「断っておきますけどね、千栄子さんは簡単に離婚に同意なんてしませんよ。生活力ゼロなんですもの。うちに寄生しながら、男漁《おとこあさ》りをしていたいに決まってます。でも、もう許さない。絶対に離婚に追いこんでみせます」

大地にとって、和江の言葉はいちいち引っかかるものだった。

千栄子は大地に離婚の意志を明確に示している。そこは信じたい。弁護士など立てるまでもなく離婚できるのだから、千栄子にとっても悪いことではないはずだ。和江に協力するのは千栄子に対する裏切りではなく、千栄子のためでもある
――大地は自分に言い聞かせた。

「それで……具体的にはなにをすればいいんでしょうか？」

大地が訊ねると、

「そうだよ。僕もそれが知りたいんだよ、ママ」

克彦も身を乗りだした。四十歳くらいに見えるのに、母親をママと呼ぶ。しかも人前で……まったく、マザコンにも限度がある。

「ねえ、あなた……」

和江が大地を見て、唇だけで薄く笑った。

「好きな女性を嫌いになるためには、どうしたらいいと思う？」

「さあ……」

我ながら気のない返事をしてしまう。人妻との濃厚セックスに明け暮れている大地とはいえ、恋愛経験は人並み以下なので、間の抜けたことしか言えそうにない。

「克彦さんはどう？」

「わからないよ……」

克彦はいやいやをするように身をよじった。繰り返すが、四十歳くらいのいい大人である。

「わからないから困ってるんじゃないか。何度浮気されても、どうしても千栄子のことが嫌いになれないんだ。一生添い遂《と》げてほしいんだ。その気持ちに嘘はないんだよ、ママ！」

だったらもう少し気遣《きづか》ってやればいいじゃないか、と大地は胸底《きょうてい》でつぶやいた。三十五歳の妻にセーラー服を着せてフェラばかりさせている男に、愛を語る資格などない。

「本当ね、克彦さん？」

「本当だよ、ママ！」

「それじゃあこの人が……」

和江が唐突《とうとつ》に指差してきたので、大地の心臓は跳ねあがった。

「この人が千栄子さんを抱いているところを見ても、同じことが言えるのね？」

「えっ……」

克彦が眼を見開く。

「あの女の本性を目の当《ま》たりにしても、あなたの気持ちが変わらなかったら、ママはもうなにも言わない。浮気の後始末でもなんでもしてあげる」

「ちょっと待ってよ、ママ。本当に、千栄子が彼に抱かれてるところを見ろっていうのかい？」

「荒療治《あらりょうじ》が必要なのよ、あなたには！」

和江は克彦の双肩《そうけん》をつかんで揺すった。

「眼を覚ますための荒療治が必要なの。あんな性悪女にいつまでも騙《だま》されてちゃいけないの。しっかりしなさい……」

3

大地は結局、スーパーには寄らずに帰宅した。食欲などどこかに吹き飛んでいた。

出ていくとき眠っていた千栄子は、眼を覚ましていた。裸身《らしん》に白いシーツを巻いてキッチンでなにかゴソゴソしている。大地と眼が合うと、悪戯《いたずら》を見つかった少女のようにエヘヘと笑った。

「ごめんなさい。お腹すいちゃって」

ジャムの瓶から、直接指ですくって舐めていた。いちごのジャムだから、手指も口のまわりも赤くなっている。

大地は苦笑した。結婚生活の愚痴をこぼすときは愁《うれ》いを帯《お》びた暗い色気を放つくせに、そういう子供じみたところのある女だった。

「なにも指で舐めなくても……スプーンあったでしょう？」

「こうやって舐めたほうがおいしいのよ。大地くんも舐めてみる？」

千栄子はジャムをすくった指を差しだしてきた。人にものを食べさせたり、口移しで飲み物を飲ませてきたりするのが好きな女だった。

大地は口を開いてジャムまみれの指を受けとめた。いちごの酸味が口の中いっぱいにひろがり、あとから甘味が押し寄せてくる。

たしかに、指から直接舐めるジャムの味は悪くなかった。子供じみた振る舞いも、千栄子とならば楽しい。いつもならここで、眼を見合わせて笑うところだ。

しかし、このときばかりは笑えなかった。大地は大切なミッションを抱えていた。笑っている場合ではなかった。

「どうしたの？」

千栄子が悪戯っぽく眉《まゆ》をひそめる。

「眼つきがエッチになってるよ」

大地にも自覚があった。というか、意識的にそうしていた。無理やりにでも欲情しなければならない事情があった。

いますぐ千栄子を抱かなければならなかった。自分の欲望に従ってではなく、それを千栄子の夫に見せつけるために……。

（できるのか、俺……）

ためらいながらも、大地は千栄子の胸に手を伸ばしていく。白いシーツは、胸のところでとめてあった。それをほどくと、するりと床に落ちていった。

「やだ……」

裸になった千栄子は恥ずかしそうに言ったが、胸や股間を隠そうとはしなかった。ふくらみが控えめな可愛い乳房も、美しい顔に似合わないほど黒く艶《つや》のある陰毛も、大地の前にさらけだしたままだった。

「エッチしたいの？」

咎《とが》めるように、千栄子は言った。今日はもう二回もしてるのよ、というニュアンスだった。

もちろん、本気で咎めているわけではない。彼女はいつだってウエルカムだった。それが不本意な夫婦生活で溜《た》めこんだ欲求不満からくるものなのか、ただ単に性欲が過多なだけなのかは、わからなかったが……。

大地は千栄子の裸身に身を寄せていき、しなやかな細い腰を抱いた。

「外に出たら、したくなっちゃいました。千栄子さんが側にいないのが、急に淋しくなっちゃって」

「ふふっ、可愛いこと言ってくれるのね」

再び、ジャムをすくった指が口に入ってくる。大地はそれをしゃぶった。ジャムがなくなっても舌を動かし、指を舐めまわした。

その様子を、千栄子が見つめている。大地も見つめ返しながら、しつこく指をしゃぶりあげる。千栄子の瞳が、次第にねっとりと潤《うる》んでくる。

欲情が伝わってきた。細身の裸身から、にわかに生々しいフェロモンが漂ってきたような気がした。

服を着ていても、すれ違いざまに匂いで男を誘うことのできる女だった。大地は勃起した。痛いくらいにズボンの前をふくらませながら、甘酸っぱい指をしゃぶり、千栄子を見つめつづけた。

（いい女だな……）

口から指を抜かれると、大地はすかさず千栄子にキスをしようとしたが、

「待って」

千栄子はキスではないものを欲しがった。

「せっかくだから、こっちも舐めてほしいな」

瓶から赤いジャムをすくうと、まだ尖っていない乳首に塗った。左右両方……。

大地はごくりと生唾《なまつば》を呑みこんだ。

千栄子の乳首はもともとルビーのように赤いのだが、ジャムの光沢《こうたく》やヌメリによってひときわいやらしくなった。

「ほら、早く」

千栄子は胸を反らして、ジャムを舐めることをせがんでくる。彼女の乳房はふくらみが控えめだから、体を揺すっても乳房は揺れない。

しかし、誰よりも敏感な性感帯がそこに潜《ひそ》んでいることを、大地は知ってい

た。舐めたときの反応が、生々しく脳裏《のうり》をよぎっていった。

舌を差しだし、舐めた。いきなり乳首を舐めるような野暮な真似はしなかった。裾野《すその》から頂点に向かって隆起に舌を這《は》わせ、乳首には触れない。甘酸っぱいジャムの匂いだけを、鼻腔《びこう》で味わう。

「んんっ……あぁっ……」

左右の隆起が唾液《だえき》で濡れ光るほど舐めてやると、千栄子はよろめいた。すぐ後ろが調理台だったので、そこにもたれる格好になる。

「舐めますよ……舐めちゃいますよ」

大地は乳首に舌を近づけては、フェイントをかける。まだ舐める前から、千栄子は欲情しきって細身の体を震わせる。赤いジャムにまみれた乳首がむくむくと隆起し、いやらしいくらい尖っていく。

「あううっ！」

右の乳首に吸いつくと、千栄子はのけぞって悲鳴をあげた。

「むううっ……むううっ……」

大地は鼻息を荒らげ、ジャム味の乳首を舐めまわした。いちごジャムの甘酸っぱい味も妙においしかったが、乳首の硬い舐め心地がいやらしすぎる。味がなくなってもしつこく吸いたて、千栄子から喜悦《きえつ》の悲鳴を絞りとる。

「あああっ……あううっ……」

千栄子がどんどんのけぞっていくので、大地は両手で腰を抱いた。

左の乳首に口を移すと、また甘酸っぱいジャムの味が口の中いっぱいにひろがっていった。ジャムの味がこんなにもセクシーでエロティックだったとは、夢にも思っていなかった。

「ずいぶんおいしそうに舐めるのね？」

千栄子が欲情に震える声でささやいてきた。

「とってもおいしいですよ。ジャムも……千栄子さんの乳首も」

「いつもは、どうやって食べてるの？」

「えっ？　トーストに塗ってますけど」

「ジャムだけ？」

「最初にバターを塗りますね。その上からジャムです」

「じゃあバター取って」

千栄子は冷蔵庫を指差して言った。ちょうど大地の後ろ側にあった。

大地は内心で首をかしげながら、冷蔵庫を開けてバターポットを取った。叔父夫婦のものを借用しているので、スタイリッシュな陶器製だ。

「なにするつもりなんですか？」

千栄子は質問には答えず、バターポットの蓋《ふた》を開けると、バターナイフでバターを削り、右手にのせた。まだ固形状のバターを握りしめながら、ニヤニヤと卑《ひ》猥《わい》な笑みを送ってきた。

「なにすると思う？」

大地が答えられずにいると、千栄子は人工大理石の調理台に尻をのせた。それから、両脚をM字に開いていった。その大胆な振る舞いを、大地は呆然と見つめていることしかできなかった。

千栄子が右手に取ったバターは、握りしめているうちに溶けたようだった。バターの香りが、大地の鼻先で揺らいだ。千栄子はバターにまみれた右手を股間に伸ばしていき、アーモンドピンクの花びらに塗りたくっていく。さらに、いちごジャムまで……。

「ふふっ」

すっかりグロテスクな姿になった自分の股間を見て、千栄子は笑った。

「どうぞ、召し上がれ」

「……冗談ですよね？」

大地の顔はさすがにひきつった。乳首にジャムの組み合わせには可愛げがあったけれど、性器にジャムバターは可愛らしくもなんともない。

毛《は》が生えているせいだろう。千栄子の陰毛はよく手入れされていて、性器のまわりは無毛状態だし、恥丘《ちきゅう》を飾る草むらはエレガントな小判形だったが、それにしても陰毛とジャムバターのコラボは醜悪《しゅうあく》だ。

「舐めてくれないんだ？」

千栄子は急に哀しげな眼つきになり、

「舐めてほしいよ。大地くんのオチンチン、いつもここで気持ちよくしてあげてるでしょう」

すがるように見つめられ、大地は拒《こば》めなくなってしまった。

醜悪だからこそ舐めてほしい、と千栄子は言っているのだ。それを舐めることで、愛を証明してほしいと……。

大地はまぶしげに眼を細めた。

ふたりの間に愛などない――そう思っていた。肉欲だけによって結びつけられている不埒《ふらち》な関係なはずだった。だからこそ大地は、和江に「千栄子さんと結婚する気があるわけ？」と訊ねられ、怯《ひる》んでしまった。千栄子と結婚なんて、考えたこともなかった。

それでも、来る日も来る日もお互いを求めつづけていれば、情がわいてくる。ふたりで分かちあった恍惚の記憶が、全身の細胞をざわめかせる。愛ではないかもしれないが、それによく似た感情が胸で疼いている気がする。

「舐めればいいんですね……」

大地は覚悟を決め、千栄子の股間に顔を近づけていった。見た目はグロテスクでも、いちごジャムとバターの混じりあった匂いは意外なほど食欲をそそり、舐められそうな気になってくる。

「くぅうっ……」

舌を這わせると、千栄子はうめいた。眉根《まゆね》を寄せて唇を開き、哀しげだった表情が、にわかに淫らな色彩を帯びていく。

ねろり、ねろり、と大地はジャムとバターを舌ですくい、嚥下《えんげ》していった。甘酸っぱいいちごの味のジャムに、こってりとしたバターの濃厚さが加わり、なんとも言えない味わいがする。

食感は、くにゃくにゃした貝肉質だ。それが性器の舐め心地だからだ。ねちっこく舌を動かせば、千栄子が悶《もだ》え声をあげて身をよじる。

ジャムの酸味が薄桃色の粘膜に染みているのか、にわかにハアハアと呼吸が昂《たか》ぶりはじめた。クリトリスに舌が接触すると、

「はっ、はぁうううううーっ！」

ビクンッと腰を跳ねあげて、甲高《かんだか》い悲鳴をリビング中に響かせた。

「おいしいですよ……」

大地は上目遣《うわめづか》いで千栄子を見上げた。

「千栄子さんのオマンコ、とってもおいしい」

「嬉しい……」

千栄子も見つめ返してくる。視線と視線をぶつけあっては、大地はしつこく舌を這わせ、ジャムとバターをとめどなく嚥下していく。

ひどく興奮していた。塗りたくられたバターの量が多かったので胸焼けしそうだったが、舐めれば舐めるほど、女の花がくっきりと現れ、目の前の光景がいやらしくなっていく。顔中がジャムとバターにまみれても、舐めるのをやめられない。

## 4

シャワーを浴びてから、和室に移動した。

リビングに隣接している和室だ。一面の襖を開け放てばLDKが広く見えるし、襖を閉めてしまえば純和風の密室となる。照明を枕元のスタンドライトだけにすると、温泉旅館さながらの情緒たっぷりな雰囲気が出る。

「まだ昼間なのに、こっちでするの？」

布団の上に横になると、千栄子が言った。大地とふたり、お互い全裸で身を寄せあっていた。ジャムとバターでベトベトしていた細い裸身はシャワーの湯ですっかり綺麗にされ、火照《ほて》った素肌が触れると心地よかった。

「いいじゃないですか、たまには……」

大地は千栄子にキスをした。いつもなら、外が明るいうちは、リビングのソファでイチャイチャしている。飽きもせずに長々とペッティングしては、やがて性器を繋《つな》げて激しく求めあう。

布団の上でセックスするのは夜が更《ふ》けた就寝前だけ――いつの間にかそんなルーティーンになっていた。

「ぅんんっ……ぅんんっ……」

裸身をこすりあわせながら、じっくりと舌をしゃぶりあった。

千栄子の眼つきが、いつになくうっとりしていた。興奮とともに、安堵《あんど》がうかがえた。

ジャムとバターにまみれた股間を舐めてやったせいかもしれない。そんなことまでしてくれるんだ、と心をすっかり開いてくれた様子である。

大地にしても、あれは千栄子の股間だから舐められた。そのときはまだはっきり気づいていなかったが、ふたりの間には愛の萌芽《ほうが》が芽生《めば》えていたのだ。あくまで萌芽ではあるが……。

しかし。

お互いの体をまさぐる手つきに熱がこもっていくにつれ、大地の心臓は性的な興奮とは別の意味で、早鐘を打ちはじめた。

あえてルーティーンを破り、和室に籠もってセックスを始めたのには理由があった。

これから千栄子の夫・克彦に、ふたりの行為を見せつける——そのために玄関には鍵をかけていない。一時間後にやってくるようにと言っておいたが、そろそろ帰宅して一時間になる。

もちろん、千栄子にはなにも言っていなかった。言ったところで、賛同を得られるわけがない。たとえそれが離婚への早道だとしても、セックスしている現場を夫に見せつけるなんて正気の沙汰《さた》ではないだろう。

だが、大地にしても、引くに引けない事情があった。人妻を寝取った間男《まおとこ》として裁判を起こされたりしたら、人生がメチャクチャになってしまう。大学は放校、親には勘当、さらには慰謝料で借金――冗談ではなかった。しかし、保身のためだけに、大地は和江の提案を受け入れたわけではない。これは、離婚を求める千栄子のためでもあるのだ。

(そうだよ、これはウィン・ウィンの解決方法なんだ……)

大地に抱かれてよがり泣いている千栄子を見て克彦は彼女への未練を断ち切り、千栄子も嫁いびりから自由になって、大地も無罪放免されるというのが、誰にとっても損をしない最良の解決方法だと信じるしかなかった。

「ああっ、ダメッ……」

乳首を舌で転がしてやると、千栄子は早くも顔を紅潮《こうちょう》させた。

「いっ、いつもより敏感になってるっ……舌の感触がっ……とってもっ……染みるっ……」

　おそらく、先ほどジャムを塗ってしつこく舐めしゃぶったからだろう。物欲しげに鋭く尖った赤い乳首をねちっこく舌で刺激してやると、

「くぅうっ！」

　千栄子は激しく身をよじり、両脚で大地の太腿《ふともも》を挟んできた。その付け根は、漏らした蜜でヌルヌルになっていた。

　ジャムを塗って舐めまわした乳首がいつもより敏感になっているのなら、ジャムとバターを使ってクンニをした女の花も、同様かそれ以上の状態になっているはずだった。

「あああっ……はぁあああっ……」

　千栄子は大地の太腿を両脚で挟んで、股間をこすりつけてきた。ヌルヌルした感触は呆《あき》れるほど卑猥で、腰をくねらせる動きもいやらしすぎたが、大地は別のことに気をとられていた。

（きっ、来たか……）

　玄関扉が開く気配を感じた。鍵を閉めず、夫がやってくるのを知っている大地だからこそ、気づくことができた。廊下をこちらに向かって歩いている気配まで

伝わってきたが、欲情しきった千栄子はなにも気づかず、股間を太腿にこすりつけるのに夢中だった。

「ねえ、お願い、触ってっ……すごい熱くなってるのっ……オマンコ燃えてるみたいなのっ……」

「いっ、いやらしいですね、相変わらず……」

大地は微笑《ほほえ》んだつもりだったが、頬《ほお》が思いきりひきつっていただろう。

セックスを始める前、自分たちが脚を向けているほうの襖を、一センチほど開けておいた。それにも、千栄子は気づいていないようだった。気づくはずがない。誰がこんなところに、夫がのぞきにやってくることを想像できようか。

しかし、のぞいていた。大地には、襖の向こうに人影があることがはっきりわかった。

さすがに緊張した。全裸の姿をのぞかれていた。しかも、ペニスをそり勃《た》てている。隠すことなんてできない。

好色《こうしょく》さにおいては人後《じんご》に落ちないつもりでも、大地は変態プレイにはあまり興味がなかった。とくに、セックスしているところを人に見られたいなどと思ったことなんてない。

緊張に体がこわばり、羞恥《しゅうち》に顔が燃えるように熱くなっていく。しかし、戸惑いを表に出せば、千栄子に不審を抱かせる可能性がある。気づかれてしまっては、元も子もなくなる。

いまの大地にできることは、腹を括《くく》って淫らな行為に没頭することだけだ。

「はぁあああっ……」

両脚をひろげると、千栄子は色香《いろか》がしたたるような声をもらした。ようやくいちばん感じるところを刺激してもらえると、期待と興奮で裸身をいやらしいくらいにくねらせる。

大地の心は震えていた。千栄子が両脚を開いた正面から、彼女の夫がのぞいているのだ。これはまさに千年の恋も冷める決定的瞬間……。

右手を伸ばし、まずは内腿から愛撫を開始した。触るか触らないかぎりぎりのフェザータッチでくすぐってやると、

「ああんっ、焦《じ》らさないでっ……」

千栄子は甘えた声を出し、みずから大胆なM字開脚になっていく。

大地は右手を股間に這わせていった。直接触れる前から、むっとする妖《あや》しい熱気が手のひらに伝わってきた。

女の割れ目に中指を添えた。股間を太腿にこすりつけていたせいで、花びらはねっとりと蜜にまみれていた。

「あううっ……」

割れ目の上で指をすべらせると、千栄子は喉を突きだしてあえいだ。その無防備な反応に、大地の鼓動は激しくなっていく一方だった。

千栄子の反応は、いつも通りと言っていい。

しかし、状況がいつもとはまるで違う。彼女は知らないが、夫にのぞかれている。股間をいじられて喉を突きだしているところを……。

（こっ、こんなに濡らしやがって……）

指を動かすたびに、くちゃくちゃ、ぴちゃぴちゃ、と音がたった。シャワーで一度流したはずなのに、千栄子の花はいやらしいほど蜜にまみれて、熱く息づいている。

「ああぁっ……はぁあああっ……」

千栄子は身をよじりながら、眉根を寄せて見つめてきた。言葉にしなくても、彼女の望みは生々しく伝わってきた。

「あううっ！」

中指をずぶりっと肉穴に沈めてやると、千栄子は甲高い悲鳴をあげてのけぞった。ジャムとバターによる前戯がよほど刺激的だったのか、彼女はひどく興奮していた。

紅潮した顔、そこに浮かんだ汗、ぎゅっと眼を閉じて喜悦を嚙《か》みしめる表情――なによりも、指を食い締めてくる肉穴の圧がすごい。

彼女ほど締まりのいい女を、大地は他に知らなかった。締まりがよければいいというものではないだろうが、指を入れていると結合の感覚を思いだして、ペニスが痛いくらいに硬くなっていく。

いや、ペニスが痛いくらいに硬くなっているのは、ただ締まりのせいだけではなかった。

襖の向こうからこちらをのぞいている視線を感じているからだ。千栄子の夫はいま、どんな気持ちで自分たちのセックスを眺めているのだろう？　男にとって、目の前で妻を寝取られることに勝《まさ》る屈辱《くつじょく》はないだろう。怒りに震えているのか、あるいは涙を嚙みしめているのか……。

肉穴に埋めこんだ指を、鉤状《かぎじょう》に折り曲げた。

「あううっ！　そっ、そこはっ……」

Gスポットをぐりぐりと刺激してやると、千栄子は焦《あせ》った声をあげた。大地はすかさず、左手でクリトリスも刺激しはじめた。この二点同時攻撃に、千栄子はすこぶる弱い。

「イッ、イッちゃうよっ……そんなことしたらすぐイッちゃう……」

切羽《せっぱ》つまった様子で身悶《みもだ》えはじめた千栄子を険しい眼つきで見つめながら、大地はやはり、夫の視線を意識していた。

愛する妻が他の男にイカされる——同じ男として、夫に対する同情心がなかったわけではない。しかし、大地の中で煮えたぎっているのは、同情とは対極にある、ひどく残酷な感情だった。

こうなった以上、千栄子を派手にあえがせたほうがいい。未練を断ち切るためにのぞいている夫のためにも、そうしてやったほうが親切というものだ。

だいたい、三十五歳の愛妻にセーラー服を着せ、フェラチオばかり求めているような男に、女を愛する資格などないのだ。したたかに傷ついても、自業自得というものだろう。

「ダッ、ダメッ……本当にダメだって……」

千栄子が怯えた顔で哀願《あいがん》してくる。

「そんなにしたらイッちゃうっ……すぐイッちゃいますっ……」

いつもなら、イカせる寸前までで指責めはやめておく。どうせ絶頂に追いこむなら、結合してからのほうがいいからだ。

しかし大地の右手の中指は、鉤状に折り曲げられて激しく出し入れされていた。勢いはとまりそうもなかった。

「はっ、はぁあああーっ！　イッ、イクッ！　イクウウウーッ」

千栄子が悲鳴をあげ、その股間からは大量の潮《しお》が噴射した。ピュピュッと飛沫《しぶき》が飛び散って、いやらしいほどシーツを濡らした。

5

「……恥ずかしい」

乱れていた呼吸がおさまると、千栄子は恨みがましい眼を向けてきた。

「わたしばっかり、こんな……」

潮を吹かせたので、シーツが派手に濡れていた。それを見て、恥ずかしくてしようがないという顔をしている。

「今度はあなたの番よ」

千栄子が腰にしがみついてきたので、大地は立ちあがった。フェラをされるなら、仁王立《におうだ》ちフェラがよかった。

もちろん、襖の向こうからのぞいている彼女の夫に見せつけるためだ。潮吹きに続き、愛妻がひざまずいて他人棒を舐めしゃぶっているところを見せつけられれば、どれだけ未練があろうとも、心が折れるに違いない。

「すごい……」

隆々《りゆうりゆう》と反り返ったペニスに手を添えてきた千栄子が、眼を丸くする。ペニスは彼女に裏側をすべて見せて、下腹にぴったりと張りついている。学生時代の話とはいえ、それほどの勢いで勃起しているのは珍しかった。

「どうしてこんなに興奮してるの？」

すりっ、すりっ、とペニスをしごきながら、千栄子がささやく。

「潮吹きなんて見せつけられたら、興奮するに決まってるじゃないですか」

大地は唇を歪《ゆが》めて意地悪く言った。

「まあ……」

千栄子は上目遣いで睨んでくると、

「そんなこと言うなら、ひいひい言わせてあげちゃうから……」

長い舌を差しだして、亀頭を舐めはじめた。

「むうう……」

大地は首に筋を浮かべて腰を反らした。彼女にフェラチオされると、いつだって翻弄される。まず、眼つきがいやらしい。こちらの顔と勃起したペニスを交互に眺めながら、じっくりと舐めてくる。

そして驚くほど舌が長い。スイッチが入ると、カリのくびれに巻きつけるように舌を使う。

「ぅんあっ……」

亀頭を咥えこまれると、大地の両脚は震えだした。頭を振って唇をスライドさせる千栄子は、顔を引くときに思いきりペニスを吸ってくる。そして、咥えこむときは、唾液まみれの口内で亀頭を泳がせるように扱う。

唇が肉棒を五往復もすると、あふれた唾液が陰毛を濡らし、玉袋の裏まで垂れてきた。欲情しているときの彼女は、唾液の分泌量《ぶんぴつりょう》がひどく多い。

「ぅんぐっ！　ぅんぐっ！」

唇の動きがリズムに乗ってくると、咥えこみ方もぐっと深くなる。真っ赤になった顔を苦しげに歪めつつも、亀頭を喉奥まで導きつづける。

大地はたまらず、千栄子の頭を両手でつかんだ。脚が震えすぎて、そうしていないと立っているのもつらかった。

快楽の嵐に翻弄されながらも、勝ち誇った気分だった。千栄子の夫はフェラチオが大好きらしい。いくら浮気をされても別れられないのは、この唇に未練があるからなのかもしれない。

「おおおっ……」

それをいま、大地は仁王立ちフェラで独占していた。なんなら腰を動かして、ピストン運動だって送りこむことができる……。

(やってやろうか、こうなったら……)

千栄子の顔を犯《おか》してやろうとしたとき、異変に気づいた。

リビングに隣接した和室は、二面が襖になっている。そのうちのひとつに隙間《すきま》を開けておいたので、千栄子の夫はそこからのぞいているはずだった。しかし、もうひとつの襖にも隙間が開き、こちらをのぞいている気配がする。

(なっ、なんで……)

この部屋をのぞいているのは、どうやらふたりいるようだった。ひとりは克彦だろうし、そうなるともうひとりは……。

考えられるのは、姑の和江だけだった。信じられなかった。いくら克彦が度を越したマザコンとはいえ、こんな場面にまで付き添ってくるなんて……。

（ふざけんなよ……）

大地の体は怒りに震えた。頭に血が昇り、もう少しで叫び声をあげてしまうところだった。

和江も克彦も千栄子の悪口を散々言っていたが、やはり異常なのは夫と姑のほうであり、千栄子は被害者なのだ。

となると、和江と克彦の目的はなんなのか。実のところ、千栄子を家から追いだすつもりなどないのではないか。未練を断ち切るどころか、千栄子の首に鈴をつけたいだけなのでは……。

たとえばこの様子を動画で撮影し、千栄子を逃れられなくするとか……。

別れる気があるにしても、浮気の決定的な証拠として裁判所に提出し、法外な慰謝料を吹っかけてくるとか……。

（ちっ、ちくしょう……）

いずれにしろ、大地や千栄子にとってよくないことが起こりそうだったが、もうどうだってよかった。卑怯《ひきょう》な手を使って罠《わな》に嵌《は》めるつもりなら、嵌めればいいい。大地は興奮しきっていた。そっちがそのつもりなら、千栄子を奪ってやろうと思った。本気だった。和江に訊ねられたときは口ごもってしまったけれど、結婚したってかまわない。自分は千栄子に対して、肉欲以上の感情を抱いている。そのことがいま、はっきりとわかった。

「もっ、もういいです……」

大地は唾液まみれのペニスを千栄子の口から抜くと、彼女を四《よ》つん這《ば》いにした。怒りのままに、後ろから貫いていった。

「はぁううう！っ！」

ずんっ、と最奥《さいおう》を突きあげると、千栄子は獣《けもの》じみた声をあげた。パンパンッ、パンパンッ、と尻を鳴らして連打を放つと、ひいひいと喉を絞ってよがり泣き、自分の潮で濡れたシーツを両手でぎゅっと握りしめた。

いつもの大地なら、こんな乱暴なやり方はしなかった。ゆっくり、じっくりと高め合っていくセックスのほうが好みだし、そのほうが相手の満足度だって高くなる。

しかし、そのときばかりは制御がきかなかった。息をとめて、怒濤の連打を放ちつづけた。

怒りのためだと思っていたが、そうではなかった。ただの憤怒《ふんぬ》とは別の感情が、胸を揺さぶっていた。千栄子の夫と姑にのぞかれているというシチュエーションに、異常な興奮をかきたてられていた。

人妻を夫の目の前で寝取るだけではなく、姑にも見せつけてやらねばならない。和江が千栄子をいびっているのは、千栄子に嫉妬《しっと》しているからに違いない。いくら溺愛していても、息子と恋愛するわけにはいかない。

しかも千栄子は、和江が失って久しい若さや美貌をもっている。セックスを謳歌して、男を魅了する色香がある。

「ああっ、いいっ！　すごいいーっ！」

犬のような格好で発情しきっている千栄子は眼もくらむほどいやらしく、大地のペニスは限界を超えて硬くなっていった。

和江は、この姿をよく見ておけばいい。夫の克彦もそうだ。フェラチオばかり求めてないでこうやってきっちり悦《よろこ》ばせてやれば、千栄子だって離婚なんて考えなかったのだ。

もちろん、すべては口実だった。大地はいま、四つん這いで突きあげている千栄子と、襖の向こうからのぞいている彼女の夫と姑を性的なパワーによって支配していた。勃起しきったペニスを武器に三人の上に君臨《くんりん》していることが、気持ちよくてしかたがなかった。

「ダッ、ダメッ……ダメダメダメッ……」

千栄子が髪を振り乱して身をよじりはじめた。

「もうイクッ！　イッ、イッちゃううう～っ！」

四つん這いの裸身をこわばらせると、肉穴の締まりが強まった。顔を見なくても、息をとめているのがわかった。来たるべきオルガスムスに備え、身構えているのだ。

「ああっ、イクッ……もうイッちゃうっ……イクイクイクイクッ……はっ、はぁあうううう～っ！」

ビクンッ、ビクンッ、と腰を跳ねあげ、千栄子は絶頂に駆けのぼっていった。その細腰を両手でつかみ、大地は連打を放ちつづけた。しっかりとイキきるまで、最奥をしたたかに突きあげた。

イキきった千栄子がうつ伏せに倒れてしまったので、結合がとけた。

肉穴から抜けてしまったペニスははちきれんばかりに膨張《ぼうちょう》し、射精を求めてビクビク震えていたが、千栄子の呼吸が整うまで小休止だ。

大地の息もあがっていた。しかし、それ以上に、全身を満たしている万能感がすごかった。

人妻を、その夫と姑の前で絶頂させたのである。人にセックスを見られたことなんてなかったし、見られたいと思ったこともなかったけれど、これほど興奮するとは驚きだった。

おかげで、正気を失っていたのかもしれない。大地は立ちあがって襖を開けた。和服姿の和江が、顔を真っ赤にして立っていた。

「どうせなら、中に入ってじっくり見たらどうです？」

せせら笑いながら言ってやった。のぞくのは夫の克彦ひとりだけという話だったのに、勝手についてきた人間に気を使う必要などない。

だが、もう一枚の襖を開けた瞬間、大地の顔から余裕の笑みは消えた。

克彦が全裸で立っていたからだ。股間のイチモツは天狗《てんぐ》の鼻のように勃起して、ひと目見ただけで自分のものより長大であることがわかった。

「克彦さんっ！」

背後で千栄子が声をあげた。振り返った大地は言葉を失った。

千栄子が笑っていたからだ。浮気現場に夫が現れたのに、驚愕《きょうがく》することもなければ、恥ずかしがることもなく……。

「勃ってる！　立派に勃ってる！」

千栄子は笑顔のまま歓喜の涙を流し、克彦の腰にむしゃぶりついていった。天狗の鼻のように勃起しているイチモツを口唇《こうしん》でぱっくりと咥えこみ、鼻息も荒くしゃぶりはじめた。

（なっ、なんなんだ……なんなんだよ、いったい……）

すべては仕組まれていたことだったと、大地はあとで知らされた。

克彦が若くしてEDになってしまい、夫婦は長く悩んでいたらしい。それを解決するための荒療治として、妻が寝取られる現場を夫がのぞく――大地は要するに、そのために罠に嵌められた憐《あわ》れな生け贄《いにえ》だったのである。罠に嵌めたのは和江や克彦だけではない。千栄子も最初からグルだったのだ。

呆然と立ちすくんでいる大地をよそに、夫婦は布団の上で横になった。

「ちょうだい！　早くちょうだい！」

あお向けでみずから両脚をM字に開いた千栄子に、克彦が挑《いど》みかかっていく。愛妻の唾液でヌラヌラと濡れ光るイチモツで、女体を田楽刺《でんがくざ》しに貫いていく。長大なイチモツを誇示《こじ》するように、ずぶずぶと音さえしそうな勢いで……。

「はっ、はぁあおおおおおーっ！」

結合しただけで、千栄子は感極まった悲鳴をあげた。歓喜に満ちたそんな声音《こわね》を、大地は聞いたことがなかった。

「ああっ、硬いっ！　とっても硬いっ！」

あられもなく乱れはじめた千栄子を抱きしめ、克彦がピストン運動を送りこんでいく。ずちゅっ、ぐちゅっ、と卑猥な肉ずれ音を撒き散らし、夫婦で喜悦に身をよじる。

千栄子も克彦も、側で立ちすくんでいる大地のことなどチラとも見ようとしなかった。性器を繋げているだけでは飽きたらず、濡れた瞳で見つめあい、唾液が糸を引くようなディープキスに淫している。

「ああっ、すぐイキそう……いい？　先にイッてもいい？」

細身の体を弓なりに反らせて、千栄子は喜悦に歪んだ悲鳴をあげた。

「ああっ、イクッ！　千栄子、イッちゃいますううーっ！」

思わず顔をそむけた大地に、

「ちょっといいかしら？」

和江が声をかけてきた。うながされ、大地は和室からリビングに出た。

和江は着物姿で、大地は全裸だったが、そんなことなど気にならないほど、打ちのめされていた。

ふたりでソファに腰をおろし、事情を説明された。和室の襖を開け放ったままだったので、千栄子の淫らなあえぎ声が絶え間《たま》なく聞こえつづけていた。大地が抱いているときより激しい悲鳴だった。驚くほど速いテンポで、何度も何度も恍惚の彼方へゆき果てていった。

「あなたにはひどいことをしたと思ってます。これはお詫《わ》びの印……」

百万円くらい入っていそうな分厚い封筒を渡されたが、大地は受けとりを拒否した。金の問題ではなかった。千栄子に騙されていたという現実を、どうしても受け入れられなかった。

「ずいぶんとひどいことをするものだ……」

吐き捨てるように言った。

「僕はED治療の道具かなにかですか？」

「おかげさまで、ふたりは愛しあえるようになったじゃないの。人助けをしたと思って、こらえてくださいな」

「わからないのは、どうしてひと月も彼女をここにいさせたんです？　そういう目的だったなら、もっと他にやり方があったんじゃないかな。セックスするのは一度だけで充分なわけで……」

「それじゃあ、本当に寝取られたことにならないって、千栄子さんが言ったんですよ」

諭《さと》すように、和江は言葉を継《つ》いだ。

「情がなければ本気のセックスができない。本気でなければ、克彦のメンタルにも響くわけがないって……」

たしかに——と大地もいまならよくわかる。EDを克服するほどのジェラシーを燃えあがらせるためには、情のあるセックスを目の当たりにしたほうがいいに違いない。

だがおかげで、大地の中にも、知らず知らずのうちに千栄子に対する情が芽生えてしまった。

罠に嵌まったと気づかないうちは、人妻を寝取った万能感に浸《ひた》っていた。千栄子と結婚してもいいとさえ思った。

しかし、克彦と千栄子がひとつになった瞬間、今度は自分が女を寝取られたような気分になった。実際寝取られたようなものだった。千栄子の淫らな悲鳴が聞こえてくるたびに、胸が痛くてしかたがなかった。

この事件がトラウマとなり、大地は人妻と深い関係を結ぶことを避けるようになった。セックスを楽しむのはひと夜限り、二度と会わないという条件に応じてもらえない人妻とは決して会わないようにしている。

「ああっ、いいっ！　もっと突いてっ！　もっとちょうだいっ！」

克彦に向かって叫ぶ千栄子の声が、いまも耳底にこびりついていた。人妻を愛してしまうことは虚《むな》しい。夫婦の間には、他人にはうかがい知れない深い闇がある。いや、もしかすると、人を愛することが、そもそも虚しい行為なのかもしれなかった。

それでも女を求めずにいられないから、大地は「人妻の達人」として、刹那《せつな》の快楽を求めて歩く。たとえ人を愛することが根本的に虚しい行為であったとしても、セックスにはそれを凌駕《りようが》する熱狂がある。

千栄子にしても、セックスには嘘はなかったはずだ。夫のＥＤを治すために嘘をついていたとはいえ、この腕の中で達したオルガスムスは本物だったと信じたい。

# 第五章　仮面舞踏会

## 1

また週末がやってきた。

「人妻の達人」を名乗っている大地には、人妻との楽しい逢瀬《おうせ》が待っている。

とはいえ、今回はちょっといつもと様子が違った。当日割引を賢く使って豪華ホテルにエスコート、というサプライズは用意していない。

インターネットの出会い系サイトで知りあった女とベッドインするまで、早ければ二週間、長くても一、二カ月ほどだが、今週会う女とのメールのやりとりは実に半年にも及んだ。

これには様々な事情がある。

女の名前は薫子《かおるこ》。年は三十四、東海地方在住、もちろん既婚者で、子供はいない。同い年の夫とはもう二年以上セックスレスの状態らしい。

何枚か写真を送ってもらったが、半年がかりで口説きたくなるようなすこぶる美人というわけではなかった。

顔立ちやスタイルが極端に悪いわけではないのだけれど、とにかく地味なのだ。黒髪のショートカットに色白の肌。それはいいのだが、どの写真でも黒か濃《のう》紺《こん》の野暮ったいスーツ姿で、なにより表情に華やぎがない。真面目そうな人だな、という以外の褒《ほ》め言葉が見つからない。

それもそのはず、彼女の職業は高校教師なのである。スポーツが盛んな男子校で英語の教鞭《きょうべん》を取っているらしい。

大地に驚きはなかった。教師のくせにわざわざ東京まで来て「人妻の達人」とセックスなんてしていいんですか？　と皮肉なことも考えなかった。

世間的にお堅い職業と言われている仕事に就《つ》いている女のほうが、実は性欲をもてあましている場合が多いからだ。

地方で教師をしているとなれば、セックスレスでむらむらしても簡単に男とラブホテルにしけこむことができない。ナンパに引っかかるなんて論外だろうし、ネットで相手を探すにしても、慎重に慎重を重ねなければ身を滅《ほろ》ぼす。

正確な場所は知らないが、彼女が働いている学校は、地方都市よりさらに田舎《いなか》にありそうだった。世間が狭ければどこにいたって知りあいに見られる可能性があるし、不倫がバレたら一発で仕事を失う。

相当な欲求不満を溜《た》めこんでいることは容易に想像がついたが、彼女の場合はこちらの想像を超えていた。何度かメールのやりとりをし、ある程度信頼関係ができあがってくると、異様に長いメールを送ってくるようになった。したためられていたのは、逢瀬に関する質問やリクエストの類《たぐ》いではなく、官能小説じみた彼女のセックスファンタジーだった。

わたし、最初は男子校に勤めるのなんて嫌だったんです。

自分が高校生のとき、男子生徒がひどく苦手で、ほとんど口をきいたこともなかったくらいですから……思春期の男子って、独特の匂いがするじゃないですか。汗くさいというか、イカくさいというか、ホルモン分泌《ぶんぴつ》が盛んな証拠なんですけど……あの匂いを嗅《か》ぐだけで気持ちが悪くなったし、おまけにすごい眼で見てくるでしょう？　女の体を上から下まで舐めるように……。

高校生のときは、走って逃げればそれですみましたけど、教師になったらそうはいきません。教壇に立って、四十数人の視線を一身に集めてるわけですから、逃げることなんてできない。

最初はそれこそ、眼もくらみそうな感じでした。でも、わたしの場合、両親も祖父母も教師なので、教職に誇りをもっています。教壇で授業以外のことを考えてるなんて、集中力が足りないと自分を叱咤激励《しったげきれい》しました。教師になって一年目から、わたしの授業は学校一厳しいという評判でしたが、おそらくその叱咤激励のせいでしょう。

「このクラスはスポーツ推薦の人ばかりが集まってますけど、だからといって勉強ができない言い訳にはなりません！」

授業のたびに小テストを行ない、赤点をとれば立って授業を受けさせました。それでも改善されなければ、部活の先生に言って部活に参加させない。そこまで徹底しました。

いまの子はおとなしいですから、それでも食ってかかってくる子はいませんでした。ただ、恨《うら》みがましい眼つきで、じっとりと見つめてくるだけです。叱《しか》っているときも、授業中も……。

わたしは、彼らの視線をまた意識してしまいました。気の弱い彼らは、たとえ睨《にら》むような眼つきをしていても、こちらの眼は絶対に見ません。服を盛りあげている胸のふくらみ、あるいは板書しているときのお尻や脚に、熱い視線を感じるようになったんです。

わたしは二十三歳で処女でした。処女でも性的興奮で体が火照《ほて》るし、あそこだって疼《うず》きます。その手の知識に乏《とぼ》しかったわたしは怖くなりました。処女のくせに欲求不満に陥《おちい》り、あまつさえ生徒たちの視線に欲情しているなんて、異常な人間なのではないかと震えあがりました。

処女だからいけないのではないか、と思いました。もう大人の女なのだから、誰もがそうしているようにセックスをして欲求不満の解消をすれば、生徒たちの視線に惑わされることもなくなるのではないかと……。

教師になって一年が経《た》った春休みに、わたしは大学時代の男友達を呼びだしました。英語劇のサークルで彼が部長、わたしが副部長。おまけに同郷でしたから、気の置けない仲でした。とはいえ、性的な悩みを打ち明けたり、ましてや処女をもらってくれともちかけることなんてできません。

わたしはお酒を飲みました。普段はまったく飲まないし、宴席などでもビールに口をつける程度なのですが、ワインをグラスで三杯飲みました。ふらふらになったわたしを、彼はラブホテルに連れていってくれました。彼は真面目な人でした。その証拠に童貞だったのですが、二十代前半の精力をもてあましている年ごろですし、わたしのことを憎からず思っていたのです。わたしはそれを知っていた。知っていて正体不明寸前まで酔っぱらいました。

処女と童貞、お互い初体験なので、ひとつになるまで大変な騒ぎでしたが、それはここでは割愛《かつあい》します。肉体関係ができてしまうと、自然と恋人同士のようになり、真面目な彼はすぐにプロポーズをしてきました。わたしには断る理由がありませんでしたが、彼が結婚を決意したのは、ただ単に真面目な性格だからではなかったことが後でわかります。

顔立ちは優男《やさおとこ》の部類で、体形も態度もスマートな人でしたが、性欲だけは野獣並みに強かったのです。毎晩求められました。それも、ひと晩に二度も三度も、男の精を吐きだすまでわたしを離してくれませんでした。

けっこう、きつかったです。

教師の仕事は普通の人が考えるよりずっとハードで、授業以外にもやることがたくさんあります。毎日小テストを行なっていれば、それをつくらなければならないし、採点もしなければならない。生徒を厳しく指導している以上、こちらも手抜きは絶対にできない。

そういった状況に加え、なによりもわたしの体はまだ、一人前の女になっていなかったのです。二十三歳まで処女だったせいか、性感がまるで未発達でしたし、ちょっと前まで童貞だった男が相手では、体が開発されることもない。苦行でした。それでも律儀な性格のわたしは、夫婦生活を拒《こば》むことができず、されるがままになっていました。

そんな生活が六年ほど続き、三十歳を超えたあたりでしょうか、唐突《とうとつ》にわたしの体はオルガスムスに達したんです。最初は自分でもなにが起こったかわからず、いつもの十倍くらい甲高《かんだか》い声で獣《けもの》のようにあえいでいる自分に、自分がいちばん驚いていました。

それでも、ようやく性の悦《よろこ》びを知ったことは、歓迎すべきことのはずでした。なにしろ、きつい苦行が一夜にして歓喜の時間に変わったわけですから、嬉しくないわけがありません。

でも……。

わたしがようやく女として開花したタイミングで、夫はわたしの体に興味をなくしていきました。男性の性欲のピークと女性のそれは、十年ほどタイムラグがあることを後で知りました。男性はだいたい十代後半から二十代前半、一方の女性は二十代後半から三十五歳くらいまでらしいです。

もちろん、ピークが過ぎても急に性欲がなくなるわけではないでしょうし、夫は人よりあきらかに性欲が強いタイプだったのです。

それでも、毎晩あったセックスが、三日に一回になり、週に一度になり、やがて月に一度まで減りました。ひと月の放置プレイを経てようやくセックスができるとなれば、わたしが乱れに乱れてもしかたがないことだと思います。

なのに夫は、そんなわたしをもてあましはじめました。

「ちょっとは遠慮して声出せよ。近所に聞こえてるぜ」

わたしは深く傷つきました。わたしたちが住んでいるのは集合住宅ではなく一戸建てで、田舎のことですから敷地面積もそれなりに広いので、隣の家にまであえぎ声が聞こえるわけがないのです。

「いやいや絶対聞こえてるって。今度録音してやろうか」

夫はそのひどい計画を実行しました。こっそり録音されたわたしのあえぎ声は、たしかに隣家の犬の鳴き声並みに大きかった。

おかげで、月に一度の待ちに待ったセックスまでなくなりました。

「セックスはもう、お腹いっぱいしたからいいじゃないか。本当の夫婦関係は、セックスレスになってからって説もあるし……」

悪びれもせずそう言い放った夫に、わたしは失望し、幻滅《げんめつ》しました。夫は真面目な人なんです。大酒も飲まなければ、ギャンブルにも手を出さず、女の影なんてまったくない。家業であった内装工事の会社を継《つ》ぎ、きついスケジュールでも文句を言わずに黙々と働いている……。

でも……。

セックスはもうお腹いっぱいってことは、わたしたちはもう、二度とセックスをしないのでしょうか。女性の性欲のピークに達しているわたしは、このまま死ぬまで放置プレイなのでしょうか……。

そのころからまた、わたしは生徒たちの視線を意識するようになりました。授業をしながら、いやらしい妄想ばかり逞《たくま》しくしていました。

たとえばこんな妄想です。

うちの学校にはそんな生徒はひとりもおりませんが、ヤンキーのような生徒に扇動《せんどう》され、クラス中の男子たちに寄ってたかって裸にされ、恥ずかしいところを見られてしまうとか……裸にされても、犯《おか》されるわけじゃないんです……イカくさいホルモン臭を撒《ま》き散らしている思春期の男子が、わたしの素肌という素肌に熱い視線を這《は》わせるだけ……妄想の中でさえ生殺しにされ、わたしは「いっそ犯して」と泣き叫ぶんですが、生徒たちはニヤニヤ笑ってわたしの恥ずかしいところを凝視《ぎょうし》するばかり……。

わたしは授業の合間に、学校のトイレで自慰《じい》をするようになりました。

2

土曜日の夜、大地は薫子との待ち合わせ場所に向かった。

池袋《いけぶくろ》にある個室居酒屋だ。リーズナブルな料金と多彩なメニューで知られるチェーン店で、照明が妙に薄暗いからムードもなくはない。なにより道路に面した看板が巨大なので、東京に土地勘がない薫子でも迷わず店を見つけられるだろうと思った。

約束の時間より三十分も前に着いたにもかかわらず、薫子は先に待っていた。予想通り、濃紺のスーツ姿だった。ひどく青ざめた顔をしていた。化粧が薄いせいでそう見えるのかもしれない。実際に目の当《ま》たりにした彼女は、写真で見るよりずっと華がなかった。真面目を通り越して堅物《かたぶつ》、冗談でも下ネタなんて口にできないような雰囲気が漂っている。

しかし、大地は知っていた。

この半年間やりとりしたメールで、彼女の内面を理解していた。見た目とは裏腹に、「人妻の達人」がちょっと引いてしまうくらいの淫《みだ》らな妄想で頭の中をパンパンにしているのが、薫子という女なのだった。

たとえば、「学校のトイレで自慰をするとき、どういうことを考えているんですか？」と訊《たず》ねてみたことがある。

もちろん生徒たちに裸にされるところです、と薫子は返してきた。

犯されるんじゃなくて、ただ裸になるように命じられるんです。ストリップみたいなものですね。でもわたしはストリッパーじゃなくて、彼らに英語を教えている教師です。恥ずかしさの質が全然違う。力ずくで服を脱がされるのならともかく、自分で脱げと言われるのもきつい。グラビアアイドルみたいに素敵な裸をしているなら、まだいいですよ。でもわたしは、自分の体にコンプレックスだらけです。重力に負けはじめているおっぱいも、子供も産んでないのに黒ずんでいる乳首も、大きすぎてアヒルみたいなお尻も、見られたくなんかない。

それに……わたしは洒落《しゃれ》た下着なんて持ってないんです。若いころからずっと欲しかったんですけど、どうしても買えない。もし夫に見つかったらと思うと……セックスレスにはなっても、わたしと夫はそれなりに良好な関係なんです。セックスさえ話題にならなければ、本当に仲のいい親友みたいな感じで……なのにわたしが、派手な下着なんて持ってたりしたら……セックスレスに対する無言の抗議みたいで、気まずくなってしまうじゃないですか。

だからわたしの下着は、いつだって飾り気のないベージュ。生徒たちはそれを見て、ゲラゲラ笑います。おばさんっぽいって。ダサすぎるよ先生って……わたしはたぶん、泣くでしょう。わたしは人前で涙を流すようなあざとい女を心の底から軽蔑《けいべつ》してますけど、下着を見られて、それを馬鹿にされたら、たぶん涙を流すのを我慢できない。

しかも……その下着の下では、あそこを疼かせ、濡らしているんですから。真っ赤になった顔をくしゃくしゃにして泣きじゃくっているのに、欲情しきっていて……下着を脱いだ瞬間、生徒たちは匂いでそれに気づきます。先生、いやらしい匂いさせてるねって、鼻をくんくんさせながら言ってきて……教壇の上で両脚を開くように命令されて……。

そういう妄想に浸《ひた》りながら、薫子は学校のトイレで全裸になってオナニーに耽《ふけ》っているらしい。なにも全裸にまでならなくてもいいような気がするが、気がつけばそうなっていたという。

週末ごとに人妻との逢瀬を楽しんでいる大地であるが、その日ばかりはいつもとはちょっと違う好奇心を胸に秘めていた。いったいどういう人なんだろうと、考えずにはいられないキャラクターだった。

「今日は遠いところをわざわざありがとうございます」

大地は言い、乾杯した。ふたりとも、グレープフルーツサワーを注文した。薫子は酒に弱いらしいが、アルコールがリミッターをはずす役割を果たしてくれればいいと思った。

「思ったほど遠くありませんでしたから……」

薫子はうつむいたまま言った。

「在来線で三十分、新幹線で一時間……東京ってこんなに近いんだって、驚いてしまったくらい……」

「ならよかった」

大地は微笑《ほほえ》んだ。薫子は東海地方の出身で、大学は名古屋だったらしいから、東京に来たことはほとんどないらしい。

「でも、時間的には近くても、ここは先生の地元じゃない。知りあいなんて誰もいないんで、思う存分、欲望の翼をひろげて羽ばたいてください」

「……まあ」

チラリとこちらを見た瞳が、濡れていた。

「うまいこと言ってくれるのね」

「せっかくの機会なのに、及び腰じゃつまらないでしょ」

「どこに連れていってくれるのかしら？」

「もちろん、先生の欲望を叶《かな》えられるところですよ」

意味がわからない、というふうに薫子は首をかしげた。

「大勢の人に裸を見てほしいんですよね？」

「そうだけど……」

力なく苦笑した。

「さすがにそこまではできないでしょ」

「いろいろ考えてみたんですよ。窓を開けると駅のホームが見えるラブホテルとか、のぞき魔が集結してる公園だとか……そういうところでエッチしたら、先生はたぶん興奮しますよね」

薫子は無言で顔をそむけた。こちらに向いた頬《ほお》が桜色に染まっていた。

「でも、もっといいところを見つけちゃいました。ハプニングバーって知ってます？」

薫子は首を横に振った。しかしすぐに、眼を泳がせて気まずげに首をかしげる。この女はむっつりスケベのカマトトだな、と大地は思った。

いまどきネットでちょっと調べれば、性的な情報なんてなんでも簡単に手に入る。だが、そういうことをよく知っている女だとは思われたくないのである。生徒たちの前で全裸になることを想像して自慰に耽っている女が、ハプニングバーを知らないわけがない。

「あんまり派手なことをやってる店だと、摘発のリスクがあるんですけどね。でも、これから行く店はそういう心配はありません。普段は普通のバーなんですが、週末の深い時間だけは、仲間内の好事家《こうずか》が集まって淫らなパーティが始まる……」

「乱交とか？」

薫子が眉《まゆ》をひそめた。

「そういうこともあるみたいですけど、参加はあくまでも自由ですからね。見ているだけでもかまわないんです。ルールはひとつ、店内ではベネチアンマスクを着けてあとは全裸……乱交に参加しなくても、裸はその場にいる人たち全員に見られることになります……」

薫子は呼吸を忘れ、まばたきすらしていなかった。

「どうです？」

大地が微笑みかけると、

「面白そうね、って言ったほうがいいのかしら？」

薫子は複雑な表情で苦笑した。

「乱交までする自信はないけど、見ているだけなら……」

半年間にもわたって濃厚なメールをやりとりしたせいだろう、初対面にもかかわらず、大地には彼女がいまなにを考えているのか手に取るようにわかった。

薫子はいま……。

ベネチアンマスクで顔を隠し、あとは生まれたままの格好を衆人《しゅうじん》にさらしているところを想像している。ハプニングバーは淫らな欲望を解放させるところである。それ以外の目的はない。乱交に参加せずとも、薫子のヌードを見てオナニーを始める男がいるかもしれない。興奮した薫子が、彼に向かって両脚を開いたっていい。旅の恥《はじ》はかき捨て、すべては一夜の夢まぼろしなのだから……。

とはいえ……。

薫子からは欲情と同時に、緊張も伝わってきた。頭の中はいやらしい妄想でパンパンでも、彼女はそれを現実のものにしたことがない。二十三歳まで処女で、男性経験は夫ひとり、学校のトイレで自慰をするほど欲求不満をもてあましていても、めくるめく性の大冒険などただの一度もしたことがない。少しリラックスさせてやったほうがいいだろう。

「えっ？　なに……」

薫子が怯《おび》えた顔をした。向かいの席に座っていた大地が、彼女の隣に移動したからだ。席はベンチシートだったので、体を密着させることができた。薫子の手を取り、自分の股間に導いていった。薫子がハッと息を呑《の》んだ。大地が勃起《ぼっき》していたからだ。

「これから起こることを想像しただけで、僕もうこんなに興奮してるんですよ」

「やっ、やめて……」

薫子は股間から手を離そうとしたが、大地は手首をつかんで逆に押しつけた。

「すごい硬くなってるでしょう？　先生の裸を想像してるからですよ。先生が裸になって、恥ずかしいところをみんなに見られているところを……」

「ダッ、ダメッ……」

個室居酒屋といっても、そこは完全な密室ではなかった。暖簾《のれん》で仕切られた個室ふうの席であり、店員が前を通ると足元が見える。

「こっ、こんなところで……やめてちょうだい……」

「キスしてくれたら、元の席に戻ります」

「ううう……」

大地が引きさがりそうもないので、薫子はチュッとキスをしてきた。いまどき女子高生でもしないような可愛い子ぶったライトなキスで、唇と唇が触れていたのは〇・三秒ほどだったが、それでも薫子は顔を真っ赤にした。

既成事実ができてしまったからだ。

彼女はいま、夫を裏切り、淫らな性の大海原《おおうなばら》へと船を漕《こ》ぎだした。

もう戻れない。

覚悟を決めて、すべての欲望を解放するしかない。

「キッ、キスしたんだから、向こうに行って……」

薫子はもじもじと身をよじったが、大地はさらに身を寄せていった。

「お返しのキスくらいさせてくださいよ」

グレープフルーツサワーを口に含み、口移しで薫子に飲ませた。冷えたアルコールを口の中に注ぎこんでいくほどに、薫子の眼はトロンと虚《うつ》ろになっていった。

3

「ぅんんっ……ぅんんっ……」

大地はキスをやめなかった。しつこく舌を吸いたてるので、薫子は鼻奥で悶《もだ》えはじめた。

虚ろになった眼が泳いでいるのは、暖簾で仕切られた向こうを店員が行き来しているからだろう。個室居酒屋といっても、暖簾が掛かっているだけなので完全な密室ではない。注文したものはすでに全部届いていたが、店員が暖簾をめくる可能性もゼロではない。

大地は余裕だった。たとえディープキスの現場を目の当たりにしたところで、店員は顔色を変えたりしないだろう。こういう場所を利用するカップルが少々羽目をはずすことなんて、ごくありふれた日常茶飯事に違いない。

しかし、薫子は焦《あせ》りに焦っている。真面目な女教師にとっては、キスの現場を目撃されるなんてあってはならないことなのだろう。必死にキスを振りほどこうとしているが、大地はそれを許さず、チューッと音をたてて舌を吸いたてる。濃紺のスーツの胸を盛りあげている乳房まで、手のひらで包んで撫《な》でまわす。

「んんんっ！」

薫子が睨んできた。怒気《どき》を含んだ眼つきをしていた。彼女の生徒なら怯《ひる》んだかもしれないが、大地には通用しなかった。

怒った顔をしていても、彼女の瞳は発情の涙でねっとりと潤《うる》み、双頬《そうきよう》は桜色に染まっている。女の顔になっている。地味な女だとばかり思っていたが、そうなるとにわかに色香《いろか》が匂いたった。素の表情とのギャップが激しく、身震いするほど興奮してしまう。

おかげで、この場でそこまでするつもりはなかったのに、気がつけば大地の右手は薫子の太腿《ふともも》の間にすべりこんでいた。薫子は太腿を閉じて抵抗しようとしたが、中指が股間をとらえたあとだった。

「おっ、お願い……やめて……」

薫子の顔がひきつり、大地は淫靡《いんび》な笑みをこぼす。ストッキングとパンティに包まれたこんもりした丘は、淫らなまでに熱を放ち、ざらついたナイロンの生地《きじ》までしっとりと湿らせている。

「興奮してるんですね？」

眼をのぞきこんでやると、薫子は顔をそむけた。頬はもちろん、耳まで真っ赤になっている。その耳に、大地はささやく。

「ねえ、先生。オマンコ疼いてしようがないんでしょう？」

薫子は背中を丸め、少女のようにいやいやと身をよじった。しかし、中指を動かしてやると、ビクンッと腰を動かした。どうやら、一発で的《まと》を射貫《いぬ》いたようだ。中指はいま、クリトリスの上にある。

「やっ、やめて……ください……」

薫子はか細く声を震わせた。

「こっ、こんなところじゃ、いやっ……早くお店に連れてって……ハッ、ハプニングバーに……」

「先生の緊張をといてあげようとしてるんでしょ」

大地は中指をねちっこく動かしながら真っ赤な耳にささやいた。

「先生はこれから、たくさんの人に素っ裸を見られるんですよ。おっぱいもオマンコもお尻の穴も……それだけじゃない。乱交はともかく、最低でも僕には犯される。衆人環視《しゅうじんかんし》の中でね。オマンコにチンポ突っこまれて、ひいひい声をあげて乱れるところを、みーんなに見られちゃうんですよ……」

「ううっ……くぅうう……」

薫子の腰が、中指の動きに合わせてくねりだした。衆人環視の中で犯されるところを、想像してしまったに違いない。

「キスしてるところを店員に見られるなんてレベルじゃない。女としての恥という恥をさらすくせに、なにビビッてるんですか」

「あううっ……」

薫子は小さく声をもらすと、大地に抱きついてきた。

抵抗の素振りではなかった。感じすぎてしまっているのだ。まだ下着越しの愛撫《あいぶ》にもかかわらず、ハアハアと激しく息もはずませている。パンティの中はもう、いやらしいほどドロドロになっているに違いない。

「……出ましょうか」

大地は薫子のスカートの中から手指を抜いた。このままイカせることもできそうだったが、焦《じ》らしてやるほうが面白そうだ。

店員を呼び、テーブル会計を済ませると、大地は薫子の手を取って店を出た。薫子は呆然《ぼうぜん》とした顔をしていた。ほとんど放心状態だったと言っていい。手を繋《つな》がれているのが恥ずかしそうだったが、乱れた呼吸を整えるほうに気をとられ、なすがままに手を引かれている。

繁華街の人混みの中を歩いた。目的のバーまでは徒歩五分ほどだったが、大地はまっすぐには向かわなかった。

暗い路地裏、ビルとビルとの隙間《すきま》、電信柱の陰――そういう場所でいちいち立ちどまっては、抱擁《ほうよう》し、唇を重ねた。舌を吸いたてながら、尻を撫でまわし、胸をまさぐった。酔っ払いに見つかったりすると、薫子は泣きそうな顔になり、両脚をガクガクと震わせた。

三十四歳にしてはずいぶんとうぶな女だった。うぶなくせに、欲求不満だけは人並み以上に溜めこんでいる。物陰でじっくりと尻を撫でまわしてから歩きだすと、激しく呼吸を乱しながら腕にしがみついてきた。もう立っていられないほど欲情しているのだ。

目的のバーに辿《たど》りついた。雑居ビルの地下一階にある。普段は路上に店の看板が出ているのだが、出ていなかった。階段の照明も消えている。それが逆に、ハプニングバーをやっているという合図と教わった。

大地はその店に七、八回ほど足を運んでいた。ハプニングバーは会員制なので、一見《いちげん》では入れないのだ。通常営業のときに店員と顔見知りになり、彼らのお眼鏡にかなわなくては同好の士になれない。面倒ではあるが、そのぶんリスクは軽減される。

「足元に気をつけてくださいね」

暗い階段を、薫子とふたりでおりていった。突きあたりに、金属製の扉がある。これも、通常営業のときは開いているものだ。携帯で店に連絡を入れると、扉が開いた。金属製の扉の奥に、重厚な木製の扉。それを開けると、普段なら店内が見渡せる。カウンター席が十席、奥にボックス席が六つ……。

しかし、その日は入口を入ってすぐのところに、黒いカーテンで仕切られた狭い空間があった。中にいた黒服の男がペンライトをつけて、大地の人相を確認する。大地は昨日も来ていたので、面通しはすぐに終了した。料金を払って、黒いカーテンの向こう側に薫子と進む。

心臓が激しく高鳴っていた。大地にしても、ハプニングバーをやっているときにこの店を訪れるのは初めてのことだった。そもそも、ハプニングバー自体も初体験である。

店内に入るなり、度肝《どぎも》を抜かれた。全裸のカップルがふた組、こちらに背中を向けてカウンター席で酒を飲んでいた。それは想定内だったが、カウンターの中にいる女性バーテンダーまでが全裸だった。

ベネチアンマスクを着けていたが、大地は彼女を知っている。何度も会話を交《か》わしたことがある。背が高いモデル系の美女で、年は二十歳《はたち》そこそこ。たしか、美大に通っていると言っていた。

こちらがハプニングバーに興味があると言うと、気さくになんでも教えてくれたが、まさか彼女まで全裸でいるとは思わなかった。乳房はもちろん、綺麗な縦《たて》長《なが》に手入れされた陰毛まで露出して、シルバーメタルのシェイカーを振っている。全裸にもかかわらず、淡々と仕事をしているところがエロすぎる。

「服を脱いだら、荷物はお預かりいたします」

黒服が言い、服を入れるための籠《かご》を渡してきた。中にはベネチアンマスク。いきなりここで脱ぐのか――大地は戸惑った。てっきり、更衣室のようなスペースが用意されていると思っていた。

とはいえ、ここまで来て尻込みしているのも情けない話だし、大地がためらえば薫子はもっとためらうだろう。

「それじゃあ、裸になりましょうか」

薫子をうながし、店の隅でそそくさと服を脱ぎはじめた。ブリーフを脚から抜く前に、ベネチアンマスクを着けた。大地は勃起していた。個室居酒屋で薫子を愛撫したせいではなく、女性バーテンダーの見事なヌードを目の当たりにしたからだった。

「早くしてくださいよ、先生」

薫子はブラウスのボタンをはずしていた。この空間に圧倒されているのか、あるいは指が震えているせいか、動作が異常にのろのろしている。

「僕が脱がしてあげましょうか？」

親切心でささやくと、薫子はきっぱりと首を横に振った。少しだけ急いで、ブラウスを脱ぎ、スカートをおろした。興奮が伝わってきた。そういえば、彼女は脱いではいけないところで服を脱ぐことに興奮する女だった。動作がのろいのは、興奮を噛《か》みしめているのかもしれない。

自分の裸がコンプレックスだと言っていたわりには、薫子はそそるボディの持ち主だった。乳房にはたっぷりと量感があるし、あずき色の乳首はいかにも感度がよさそうだ。さらにベージュのパンティを脱ぐと、びっくりするほど濃い陰毛が姿を現した。スケベな証拠だ。

さらに、全裸にベネチアンマスクだけという装《よそお》いが、非日常的ないやらしさを漂わせている。その小道具は、たいした威力だった。素顔で全裸になるより、ずっと妖《あや》しい。田舎町でひっそりと暮らしている地味な女教師を、エロティックな存在にしてしまう。

「お酒を楽しむならカウンター席で、プレイは奥のボックス席でどうぞ」

荷物を預けると、黒服に言われた。彼とも見知った関係だったので、勃起をさらしているのが恥ずかしく、顔から火が出そうだった。

「どうします、先生？　まずはお酒を飲みますか？」

薫子に訊ねても、言葉は返ってこなかった。片手で双乳《そうにゅう》、片手で股間を隠しながら、生まれたての子鹿のように震えている。

気持ちはよくわかった。個室居酒屋での愛撫、あるいは夜の路上でのふしだらな行為と、段階を踏んでここに連れてきたつもりだったが、ハプニングバーがもたらした衝撃は、そんなものをはるかに凌駕《りようが》していた。

乳房や陰毛丸出しでシェイカーを振っている女性バーテンダー、全裸で酒を楽しんでいるカップルたち――普通ならあり得ないシチュエーションが眩暈《めまい》を誘う。なにより、自分たちも全裸なのだ。ベネチアンマスクを着けているとはいえ、生まれたままの格好になり、大地は勃起までしている。まだ店に入ったばかりなのに、いきなり初体験の連続だ。

「奥に行ってみましょう」

大地は薫子の手を取って歩きだした。裸足になっていたが、床は絨毯《じゆうたん》だったので問題はない。

カウンター席よりも、ボックス席がある奥のほうが、照明が暗かった。それでも、裸の男女がそこにいることははっきりとわかる。

四組いた。いや、五組だった。ソファで横になっているカップルに、一瞬気づかなかった。すでに体を重ねあい、正常位でセックスの真っ最中だ。

「はぁううっ！　はぁううっ！　はぁうううーっ！」

女のあえぎ声が聞こえ、薫子は思いきり顔をそむけた。重なっているふたりは、こちらに足を向けていた。つまり、勃起しきった男根が女陰《じよいん》に突き刺さっている様子が、モザイクなしで丸見えだった。

さすがの大地もマスクの下で顔をこわばらせた。変態性欲にはあまり関心がないとはいえ、他人のセックスを生で見たことがないわけではない。大学時代に一度だけ、アクシデントに見舞われたことがある。

夫のED治療のために、人妻に罠《わな》に嵌《は》められた。夫婦が目の前でセックスを始めたときは、なんだか寝取られた気分になった。

だがその前に、大地は彼女を寝取っていた。夫や姑《しゅうとめ》がのぞいていることを承知のうえで、人妻を後ろから激しく突きあげた。あれは興奮した。見られているというシチュエーションに興奮したのである。

（そういえば……）

下見で飲みにきたとき、店員に言われたことを思いだした。

「ハプバーに来るお客さんは、自分たちのセックスを見られると興奮する人ばかりですからね。遠慮しないでジロジロ見たほうがいいですよ」

意味はわかるが、なにしろ初めての経験なのでどうしていいかわからない。痛いくらいに勃起しきった男根だけが、釣りあげられたばかりの魚のようにビクビクと跳ねている。

結局、ひとつだけ空いていたボックス席に、逃げるように腰をおろした。隣が正常位のカップルだった。背中を向けていても、あえぎ声はもちろん、腰を振りあう気配まで伝わってきて、大地も薫子も気まずげに背中を丸めた。

4

「あっ、あのう……」

薫子が上目遣《うわめづか》いでささやいた。

「やっぱり帰りませんか？　わたしもう、耐えられません……」

大地はにわかに言葉を返せなかった。ハプニングバーの雰囲気に呑まれているのは、彼女ひとりではなかったからだ。

女好きでは人後《じんご》に落ちないつもりでも、やはりこういう場所を愛好する人たちとは人間の種類が違う気がする。この状況で性的な興奮を覚えるのは、まがうことなき変態性欲者だ。

大地の場合、他の客の視線に興奮するどころか、緊張ばかりを覚えた。どのカップルも、ボックス席でイチャイチャしながらまわりの様子をうかがっている。もちろん、大地たちのことも……。

とはいえ、ここまで来て踵《きびす》を返すわけにもいかない。薫子が尻込みしているなら、背中を押してやるのが大地の役目だろう。

「そんなこと言って、本当は興奮してるんじゃないですか？」

大地は自分を奮《ふる》い立たせると、薫子に身を寄せていき、乳房や股間を隠している手をどけさせた。

「ダッ、ダメ……」

薫子はいやいやと身をよじったが、大地は露《あら》わになった部分に無遠慮な視線を向けた。

「乳首が勃《た》ってるじゃないですか、先生。ピンピンに尖《とが》りまくって、刺激を求めてるじゃないですか？　マン毛がボーボーなのはスケベの証《あかし》だし、おまけに逆立ってる。興奮してないわけがないですよ」

「いっ、言わないで……」

薫子は耳まで真っ赤になっている。死ぬほど恥ずかしいと顔に書いてある。だがそれは、死ぬほど興奮しているのと同義のような気がした。股間を覆《おお》っていた手をどけたことで、いやらしい匂いがたちこめてきた。ひどく濃厚な、発情のフェロモンが……。

「マン汁の匂いがしますよ」

大地はくんくんと鼻を鳴らし、意地の悪い笑みを浮かべた。剝《む》きだしの太腿を撫でまわし、じわじわと股間に手指を近づけていく。黒く茂りすぎた陰毛をからかうように、つまんで引っぱってやる。

「オマンコ、舐めてあげましょうか?」

「いい! いいです!」

薫子は首を横に振ったが、大地はその手を取って立ちあがった。

バーのボックス席は全部で六つあり、その中心にテーブルがひとつ置かれていた。上にはなにものっておらず、真っ赤なテーブルクロスが敷かれているだけだ。どうぞプレイに使ってください、と言わんばかりだった。

「まるで先生のために用意された特等席ですね」

大地は薫子をテーブルの上にうながした。薫子は抵抗しようとしたが、強引にあお向けに寝かせてしまう。真っ赤なテーブルクロスに、白い裸身《らしん》が映《は》えた。さらに両脚をM字に開き、女の恥ずかしい部分を露わにしてしまう。

「ああっ、いやっ!」

薫子はあわてて両手で股間を隠そうとした。大地はその両手首をがっちりつかんで股間を隠すことを阻止しつつ、肘《ひじ》を使ってM字開脚をキープする。

薄暗い中でも、アーモンドピンクの花びらがヌラヌラした光沢《こうたく》を放っているのがはっきりわかった。彼女の陰毛は濃く、割れ目のまわりまでびっしり茂っているから、異様に淫靡な光景だ。

「いやらしいオマンコですね、先生」

「みっ、見ないでっ！」

薫子が真っ赤になった顔をそむける。ベネチアンマスクをしていても、羞《は》じらいがありありと伝わってくる。

官能小説じみたセックスファンタジーをメールで長々と綴《つづ》ってきたり、教師のくせに学校のトイレで自慰をしてしまう彼女ではあるけれど、抱かれた男は夫ただひとり、三十四歳にしては経験値が低い。

「ああぁっ……」

アーモンドピンクの花びらに舌を這わせてやると、薫子はのけぞって声を震わせた。すさまじい濡れ方だった。それを教えるように、じゅるっ、じゅるるっ、と蜜を啜《すす》りながら花びらを舐めまわしてやると、さすがに観念した。大地が手首を押さえるのをやめても、股間を隠そうとはしなくなった。

快楽に逃げこもうとしたのだ。経験人数がたったのひとりでも、彼女は女の悦びを知っている。死ぬほど恥ずかしいこの状況を、死ぬほど感じることで振りきってしまおうとするのは、ある意味、賢明な判断かもしれない。

だが、状況がそれを許してくれなかった。

薫子があんあんと声をあげて本格的によがりはじめると、まわりに人が集まってきた。ボックス席でイチャイチャしていたカップルがふた組、席を離れてこちらにやってきたのである。

「ずいぶんエッチな体つきね」

「トランジスタグラマーっていうのかな」

「小柄なのに出るところ出てて、あなた、こういう人好きでしょう?」

カップル同士でコソコソとささやきあっている。

ただ、薫子はそれに気づいていなかった。クリトリスをねちっこく舐め転がされて、いまにも絶頂に達しそうだ。

「ふふっ、先生」

大地はクンニをやめてささやいた。

「みんな見てますよ」

「えっ？　ええっ？」

眼を閉じて快楽に没頭していた薫子は、マスクの下で瞼《まぶた》をあげた。その瞳に映《うつ》ったものは見知らぬ裸の男女——大地を含めて五人が、大股開きで発情しきった彼女を見下ろしている光景だった。

「いっ、いやあああああーっ！」

薫子はあわてて起きあがろうとしたが、

「すいません。押さえてください」

大地がひと声かけると、見学していた変態性欲者たちは阿吽《あうん》の呼吸で薫子の両手両脚を押さえた。彼らは確信しているようだった。初心者がこの状況に拒絶反応を起こしても、ある一線を越えると病《や》みつきになってしまうことを……。

「ああっ、やめてっ……許してっ……」

真っ赤なテーブルクロスの上でX字にはりつけられるように押さえこまれた薫子の股間に、大地は吸いついた。とめどもなく発情の蜜をあふれさせている花びらを舐めまわしながら、肉穴に右手の中指を埋めこんで、中で鉤状《かぎじょう》に折り曲げてやる。

「あおっ！」

薫子は滑稽《こっけい》な声をあげた。Ｇスポットを刺激された女の声だ。さらに大地の舌先は、クリトリスを舐め転がしはじめる。恥丘《ちきゅう》を挟みこむようにして、内側と外側から、女の急所を同時に刺激してやる。

「あぁおおおっ……はぁおおおおっ……はぁおおおおっ……」

薫子はもはや、乱れるばかりで抵抗することなどできない。四人がかりで手脚を押さえこまれているのも、快楽を増幅させているようだった。ＳＭと一緒で、手脚の拘束《こうそく》は、体の内側に快楽を閉じこめる役割を果たす。

「オマンコ締まってきましたよ、先生」

大地は中指を抜き差ししはじめた。鉤状に折り曲げたまま、指先をＧスポットに引っかけるようにする。奥で蜜があふれすぎている肉穴から、ぬんちゃっ、ぬんちゃっ、と粘りつくような音がたつ。

「ああっ、ダメッ……ダメようっ……」

薫子はマスクの下の顔をくしゃくしゃに歪《ゆが》めていた。たまらないようだった。肉穴を責めている大地の右手は、もう手首のあたりまで彼女の蜜で濡れまみれている。

「イキそうなんでしょ？　イケばいいじゃないですか。みんなに見られながら、

「イキたかったんでしょう？」

「いっ、言わないでっ……言わないでえええっ……」

薫子はショートカットの髪を振り乱し、ちぎれんばかりに首を振ったが、無駄な抵抗だった。裸身は汗ばみ、生々しいピンク色に上気《じようき》しはじめている。絶頂が近いのは、誰の眼にもあきらかである。

「はっ、はぁおおおおおーっ！」

獣じみた悲鳴をあげ、したたかにのけぞった。大股開きの内腿《うちもも》を、ぶるぶるっ、ぶるぶるっ、といやらしいほど痙攣《けいれん》させた。

「ダッ、ダメッ！　本当にダメッ！　もっ、漏れるっ……そんなにしたら、漏れちゃううううーっ！」

大地は容赦《ようしや》なく、指の抜き差しのピッチをあげた。ずちゅずちゅずちゅっ、と音をたてて肉穴をえぐった。

「ダメダメダメえええええーっ！　あああああーっ！」

薫子があられもない悲鳴をあげ、と同時に、その股間からは潮《しお》が吹きだした。放尿《ほうにょう》と見まがうような一本の放物線を描きながら、真っ赤なテーブルクロスをびしょびしょに濡らしていった。

## 5

薫子はテーブルの上で大の字になり、放心状態に陥っていた。衆人環視の中でイッてしまったショックに、乳房はもちろん、股間を隠すことすらできない。彼女の潮吹きに興奮したのだろう。見学していたふた組のカップルは、それぞれ立ったままキスをしたり、愛撫を始めていた。さらに残りのふた組までボックス席からこちらにやってきて、事の成り行きを見守っている。

いまこのパーティの中心は、間違いなく自分たちだと大地は思った。新参者ではあるけれど、期待されている気配をひしひしと感じる。

ならば——と大地は薫子をテーブルの上で四《よ》つん這《ば》いにうながした。

「自分ばっかり気持ちよくなってないで、こっちも気持ちよくしてくださいよ」

そそり勃った男根を鼻先に突きつけてやると、薫子はベネチアンマスクの下で赤く染まった顔をこわばらせた。

クンニでイカされるのは受け身のプレイであるが、フェラチオはそうではない。女のほうにもやる気がなくてはできないし、衆人環視の中で行なうとなれば、みずからドスケベの淫乱《いんらん》であることを宣言しているようなものだ。

あまつさえ、全裸で四つん這いになっているのだから、後ろにいる人たちには女の恥部《ちぶ》をさらしている。性器どころか、排泄《はいせつ》器官まで……。

羞じらい深い薫子が、身をよじりたくなるほど恥ずかしがっているのはよくわかった。しかし、だからといって手心を加える気にはなれない。ハプニングバーで潮吹きまで披露《ひろう》した人妻に、遠慮したって始まらない。

「ほら、先生……」

鼻先でぶんぶんと男根を揺らしてやると、

「ううっ……くうううっ……」

薫子はせつなげな声をもらしながら、勃起しきった男根にそっと手を添え、唇を開いた。差しだされたピンク色の舌は大量の唾液《だえき》にまみれ、いまにも糸を引いて垂れていきそうだった。それもまた、発情している動かぬ証拠だ。

「うんあっ……」

唾液まみれの舌で、亀頭を舐めはじめた。ただ闇雲《やみくも》に舐めまわす、決して上手くない舌使いだった。けれどもそのぶん、気持ちが伝わってくる。舌を這わせるほどに、男根に欲情していく様子がひしひしと……。

可愛い女だと思った。

この世に、欲求不満の人妻ほど可愛い存在はない。それを解消するための行為において、決して高飛車にはならないのが若い女と違うところだ。夫に放置プレイをされていることで、自信を失っている。

その一方で、欲求不満の熱量は若い女の比ではなく、どんなことをしても鎮《しず》めたいと思っている。結果、謙虚《けんきょ》になる。浮気相手になってくれる男に対しても、その象徴である男根に対しても……。

「ぅんああっ……」

薫子は大きく口を開いて亀頭を頬張《ほおば》った。ゆっくりと唇をスライドさせ、男根を味わうようにしゃぶってきた。ベネチアンマスクの下で、濡れた瞳が恍惚《こうこつ》としていた。口の中にある肉の棒の、大きさと硬さを堪能《たんのう》している。下の口を貫《つらぬ》かれるところを想像していることも、顔色を見ていればわかる。

だが、それにはまだ早い。

「ちょっと手伝わせてもらってもいいですかね？」

男が声をかけてきた。もちろん知らない男だった。その手にはヴァイブレーターが握られていた。色は可愛らしいピンクでも、サイズは長大で極太だった。

大地は一瞬迷ったが、男はヴァイブにスキンを着けた。マナーを心得た紳士的な変態性欲者である。ならば、と大地はうなずいた。

「うんぐっ！」

　薫子がマスクの下で眼を白黒させた。四つん這いになった後ろから、極太ヴァイブを挿入《そうにゅう》されたのだ。

「うんぐっ！　うんぐっ！」

　薫子は焦って口から男根を吐きだそうとしたが、大地はもちろん許さなかった。すかさず両手で頭を押さえ、さらに深々と咥《くわ》えこませてやる。

「恥ずかしいですね、先生……」

　大地は呆《あき》れた声をもらした。

「あんな極太ヴァイブ、すんなり咥えこんじゃうなんて……いったいどれだけ飢《う》えてるんですか？　ええっ？」

　頭をつかんだまま、ぐいぐいと腰を振りたててやる。痛烈なイラマチオに、薫子はマスクの下で盛大に涙を流す。

　ただ苦しんでいるだけでないのは、一目瞭然《いちもくりようぜん》だった。うぐうぐと鼻奥で悶え泣きながらも、四つん這いのボディがくねりだしていた。もちろん、後ろにいる男がヴァイブを抜き差ししているからだった。

「ぅんぐっ！　ぅんぐっ！」

ベネチアンマスクの下で、薫子は大粒の涙を流しはじめた。勃起しきった男根で口唇《こうしん》を塞《ふさ》がれている苦しさもあるだろうし、極太ヴァイブを抜き差しされる快感にも翻弄《ほんろう》されている。

それに加え、その姿を見られていることが、彼女をどこまでも発情させていく。四つん這いになっているテーブルのまわりには、ざっと十人弱の人間がいた。誰もがマスクの下で淫靡な笑みを浮かべ、泣きながらよがっている薫子の姿を注視している。

大地は異変を感じ、口唇から男根を引き抜いた。薫子の体が、小刻《こきざ》みに震えだしたからだった。

「イキそうですか、先生？」

薫子は「くうっ！」とうめき声をもらして顔を伏せようとしたが、大地は顎《あご》をつかんで顔をあげさせた。

「まさかヴァイブでイこうとしてるんじゃないでしょうね？」

「ゆっ、許してっ……」

こちらを見上げる薫子の顔は、マスクをしていてもはっきりとわかるほど、欲情に歪みきっていた。ぶるぶると震えている唇から顎に垂らしている涎《よだれ》がいやらしすぎて、思わず凝視してしまう。

大地は薫子の後ろにいる男に目配せし、ヴァイブ責めを中断させた。

「あああっ……」

と薫子が声をもらし、もじもじと尻を揺らす。どうして抜くの？　と咎《とが》めるように、後ろを振り返る。

「まったく恥ずかしいな」

大地は声を尖らせ、薫子の顔をこちらに向けた。

「見ず知らずの人にヴァイブ突っこまれて、なに悦んでるんですか？」

「ううう っ……」

薫子は恥ずかしげに身をすくめたが、もはや羞恥心《しゅうちしん》より欲情のほうが上まわっているようだった。

「そんなにイキたいなら、自分でマンズリしてください」

「えっ……」

「ヴァイブ借りてあげますから……」

大地は薫子の後ろにいた人からヴァイブを借りた。手にしてみるとずっしりと重く、存在感があった。

「ほら、これを使って自分で自分を慰《なぐさ》めればいいでしょ」

「こっ、こんなもの……」

ヴァイブを渡してやると、薫子は声をひきつらせた。後ろから挿入されたので、彼女にはヴァイブが見えていなかった。それは長大で極太なだけではなく、見るからにおぞましい形をしている。女の欲望を具現化した、身も蓋《ふた》もない男根の模造品だ。

「みんなに見えるようにやってくださいよ」

大地は薫子を膝立《ひざだ》ちにうながした。四つん這いなら顔を伏せることもできるけれど、膝立ちになっては、まわりの人間の視線を意識せざるを得ない。

にわかに、薫子から緊張が伝わってきた。だがそれ以上に、興奮が伝わってくる。それもそのはず、彼女は教壇で裸になり、生徒たちの前で恥をかくところを想像して、学校のトイレで自慰に耽っている女なのである。

「ううっ……くぅううっ……」

薫子は羞恥にうめき、身をよじった。ヴァイブをつかんだ手が震えているが、戸惑いつつもそれを股間にあてがわずにはいられない。彼女の体にはまだ、それがもたらしてくれた峻烈《しゅんれつ》な快感の記憶が残っている。

「んんっ……んんんーっ！」

　膝立ちのまま、ヴァイブの切っ先を股間に埋めこんだ。長大で極太なピンク色のシリコンが埋まっていけばいくほど、ベネチアンマスクに隠された薫子の顔は真っ赤に染まっていく。

「あううーっ！」

　喉《のど》を突きだして悲鳴をあげながら、ヴァイブを抜き差ししはじめた。ヴァイブのスイッチを入れれば振動したり、くねったりするはずだが、知識のない薫子は自力で抜き差ししながら、膝立ちの体を淫らがましくくねらせる。騎乗位のときのように、クイッ、クイッ、と股間をしゃくる動きがいやらしすぎる。

「おっ、奥までっ……奥まできてるっ……とっ、届いてるっ……」

　絞《しぼ》りだすような声で言うと、甲高い悲鳴をあげながら、もう我慢できないとばかりに、テーブルの上であお向けになった。みずから両脚をM字に開いたあられもない姿で、なおも執拗《しつよう》にヴァイブを抜き差しする。肉穴をえぐる、ずぼずぼという音まで聞こえてきそうだ。

「ああーっ！　はぁあああーっ！」

右手でヴァイブを操《あやつ》りながら、左手で乳房までまさぐりはじめた。豊満な乳肉にぐいぐいと指を食いこませては、乳首をつまんでひねっている。動きが切羽《せっぱ》つまっている。絶頂寸前まで高まっているのが、手に取るようにわかる。

6

「ああっ、いやっ……イキそうっ……もうイッちゃいそうっ……」

もはや恥も外聞《がいぶん》もなくしたように、テーブルの上で身悶《みもだ》えている薫子の姿を見ておとなしくしているようでは、変態性欲者の名折れなのだろう。

気がつけば、場の空気が一変していた。薫子の放つ淫らな熱気に煽《あお》られるように、各々《おのおの》がパートナーとキスをしたり、体をまさぐりあったりしはじめた。

そのハプニングバーは単身でも入場できるシステムのようだったが、その場にいたのはカップルばかりだったので、大地はひとり、手持ち無沙汰《ぶさた》になってしまった。とはいえ、退屈していたわけではない。

薫子はいまにもイキそうだったし、彼女があお向けになってオナニーしているテーブルに女の手をつかせ、立ちバックで挿入するカップルまで現れた。しかもふた組が、パンパンッ、パンパンッ、と音をたてて、立ちバックの淫らな競演を開始した。

「あああっ……はぁあああっ……」

絶頂寸前だった薫子が、それを見て物欲しげな顔をする。彼女が股間に咥えこんでいるのは長大かつ極太なヴァイブだったが、それはあくまでもまがい物。本物の男根ではない。本物の快感は得られないのかもしれない。

「先生……」

大地が手招きすると、薫子はハッと顔をあげ、嬉しそうにこちらに這ってきた。ベネチアンマスクの下で、淫らな笑みさえ浮かべているように見えた。

大地は薫子をテーブルの下におろすと、抱きしめてキスをした。薫子のほうからも大胆に舌を出し、ハードなディープキスに誘ってきた。欲情しきっている薫子の体は、びっくりするほど熱く火照っていた。口の中は唾液まみれで、舌を離すとねっとりと糸を引いた。

もちろん、興奮しているのは彼女ひとりではなかった。大地のイチモツは臍《へそ》を叩く勢いで反《そ》り返り、恥ずかしいほど我慢汁を噴きこぼしていた。

つい先ほどまで、薫子の破廉恥《はれんち》な振る舞いをニヤニヤ眺めていたその場にいる全員が、いっせいに欲望を解き放ちはじめていた。立ちバックで盛っているふた組のカップルはもちろん、仁王立《におうだ》ちフェラに耽っているカップルも、マンぐり返しでクンニに没頭しているカップルもいる。

「ねえ、ちょうだい……ちょうだい……」

薫子がこちらを見つめながら、男根をすりすりとしごいてきた。

「早く犯して……みんなの前で犯してほしいの……」

もはや先ほどまでのように、まわりの視線を一身に集めることはなさそうだったが、薫子は完全にスイッチが入ってしまっていた。衆人環視のオナニーによって、抱擁している裸身は燃えるように熱くなっている。

「こっちに……」

大地は薫子の手を取ると、すぐ側のソファに腰をおろした。そうしてから、薫子に自分の上に座るよううながした。

背面座位である。どうせなら、この場にいる誰よりもいやらしい格好で繋がりたかった。薫子がおずおずと尻を近づけてくる。そそり勃った男根が、濡れた肉穴にずぶりと嵌まる。

「あああああっ……」

結合の衝撃に、薫子は身震いした。その声にはどこか安堵《あんど》が滲《にじ》んでいたが、すぐに羞恥の色彩を帯《お》びた。結合の感触を噛みしめるや、大地が彼女の両脚を大きく左右に開いたからである。

開脚しての背面座位――結合部が剝きだしだった。正面から見れば、はちきれんばかりに膨張《ぼうちょう》した男根が、薫子の花を貫いている様子が、つぶさにうかがえるはずだった。

さすがに視線が集まってきた。女の両手をテーブルにつかせ、立ちバックで尻を突きあげている男たちも、チラチラとこちらを見ている。

「ああっ、いやっ……」

薫子は羞じらっている。その頰に触れれば、火傷《やけど》しそうなほど熱くなっているに違いない。教師である彼女にとって、男根で貫かれている姿を見られるのは、恥ずかしさを通り越してもはや屈辱《くつじょく》かもしれない。

しかし、彼女の体は動きだす。上になっている彼女が動かなければ、快楽が得られない体位なのである。

「ああっ、いやあっ……いやようっ……」

しきりに首を振りつつも、いやらしいほど腰がくねる。クイッ、クイッ、と股間をしゃくって、咥えこんだ男根をむさぼるような動きを見せる。

「スケベですねえ……」

大地は後ろから薫子の双乳をすくいあげた。

「学校で英語を教わっている生徒たちは、先生がこんなにドスケベだなんて夢にも思ってないでしょうねえ……」

「いっ、言わないでっ……言わないでっ……」

いやいやと身をよじりつつも、薫子の腰使いは熱を帯びていくばかりだ。双乳を揉《も》みしだき、乳首をつまみあげてやると、熱く火照った素肌という素肌から、甘ったるい匂いのする発情の生汗が噴きだしてきた。

「想像してるんでしょ？　この格好を生徒に見られてるところを想像して、大興奮してるんでしょ、先生？」

「あああっ……はぁあああっ……」

薫子はもはや言葉を返すことができず、腰振りに没頭していくばかりだ。ずちゅっ、ぐちゅっ、という卑猥《ひわい》な肉ずれ音だけが、耳障《みみざわ》りなほど大きくなっていく。

「ねっ、ねえっ……ねえっ……」

薫子が振り返ってこちらを見た。

「そっちを向いてもいい？」

彼女の腰は、はしたないほど動いている。ずちゅっ、ぐちゅっ、と肉ずれ音を撒き散らしている。それでも、羞恥心は振りきれないらしく、背面座位から対面座位へと体位への変更を求めてきた。さすがに、結合部をまわりにさらけだした状態で、絶頂に達するのはきついらしい。

（可愛い顔をしているじゃないか……）

息をはずませている薫子の横顔は、快楽と羞恥がせめぎあっていた。男にとって、いちばんそそる女の表情だ。大地はもちろん、体位を変えるつもりなどなかった。薫子が本当に望んでいるのは、結合部や顔をまわりから隠すことではない。羞恥を振りきるほどの快感なのだから……。

「ああっ、いやっ！」

薫子の背中が伸びあがった。双乳を揉んでいた大地の両手——その片方である右手が、結合部に向かったからだ。無防備に突起《とっき》しているクリトリスを、中指の腹がとらえた。

「あううーっ！　ダッ、ダメッ……ダメようっ……そんなことしたらイッちゃうっ……すぐイッちゃううぅっ……」

薫子の腰の動きはとまっていた。かわりに、体中の肉という肉をぶるぶると痙攣させている。絶頂が近いのは、後ろから彼女を抱えている大地にも伝わってくる。

とはいえ、そのままイカせるつもりはなかった。絶頂寸前——薫子がエクスタシーを受けとめるために身構えた刹那《せつな》、大地は彼女の両脚を抱えて立ちあがった。

逆駅弁スタイルである。

ＡＶでよく見かける駅弁スタイルは、対面で女の両脚を抱えあげる。いまは背面なので、結合部はさらけだされたままだ。大地にとって、初めての体位だった。ＡＶで行なわれるアクロバティックな体位は見せるためのものであり、普通のセックスでやってみたところで無駄に体力を使うだけだろう。

だが、いまは状況が違った。一対一ではなく、ギャラリーがいる。大地が立ちあがった瞬間、いっせいに視線が集まってきた。イチャイチャしていたカップルも、立ちバックで盛っていた男と女も、息を呑んでこちらを見て、眼を丸くしている。

「いっ、いやああああっ……」

薫子が悲鳴をあげる。大地はその体を揺さぶり、下から突きあげた。すぐに抜けてしまうかと思ったが、意外にも抜けなかった。見映えばかりの体位ではなく、女を抱いている実感もしっかりある。いやらしいほど濡れまみれた肉穴が、男根をしっかり食い締めてくるせいだろう。

　つまり、突きあげられているほうにも快感があるわけで、薫子はひいひいと喉を絞ってよがり泣いた。結合部が丸見えの恥ずかしすぎる体位で、女がもっとも恥ずかしい瞬間をさらそうとしていた。

「イッ、イクッ……イッちゃうっ……そんなにしたらイッちゃいますっ……はっ、はぁああああーっ！」

したたかにのけぞり、ビクンッ、ビクンッ、と腰を跳ねさせた。その衝撃で男根は抜けてしまったけれど、薫子の痙攣はとまらなかった。足を絨毯におろし、両手をテーブルにつかせても、ひいひい言いながら身をよじりつづけた。

「休むのはまだ早いですよ、先生」

　大地は立ちバックの体勢で薫子を後ろから貫いた。一度イッた肉穴は湯水のような蜜を漏らし、肉ひだをひくひくさせながら男根を食い締めてきた。大地は結合の感触をあらためて噛みしめながら、腰を使いはじめた。

背面座位からの逆駅弁スタイルでは、思うように腰を使えなかった。おかげで、立ちバックで突きあげる腰の動きが異様に軽かった。パンパンッ、パンパンッ、と軽快な音をたてて、豊満な尻を打ち鳴らした。まわりの男たちが呼応《こおう》するように、パンパンッ、パンパンッ、と自分の女の尻を鳴らす。

「ああっ、いいいいーっ！　気持ちいいいいーっ！」

薫子が声をあげて尻を突きだしてくる。一度イッたことで、羞恥心は完全に振りきれたらしい。彼女はもはや、発情しきった獣の牝《めす》だった。勃起しきった男根で突けば突くほど、淫らなまでによがり泣く。

ボルテージを高めているのは彼女ひとりではなかった。まわりのカップル――とくに女たちが乱れに乱れ、決して狭くはない空間に甲高いあえぎ声がこだましている。

ハプニングバーの非日常性もここに極まれり――大地もまた、ただ一匹の獣の牡《おす》と化して、薫子の尻に怒濤《どとう》の連打を叩きこんだ。すでに射精の前兆が疼きだしていた。みるみるうちに耐えがたいほどの衝動がこみあげてきた。

「だっ、出しますよ、先生っ……」

絞りだすような声で言うと、

「あっ、出してっ……」

　薫子が振り返り、マスク越しにすがるような眼を向けてきた。

「たくさん出してえっ……おいしいの飲ませてええっ……」

「むううっ！」

　大地はフィニッシュの連打を叩きこむと、ペニスを肉穴から引き抜いた。膝を折ってしゃがんだ薫子の口唇に、発情の蜜でネトネトになっている肉棒を咥えこませた。

「おおっ、出るっ……もう出るっ……」

　大地は薫子の頭を両手でつかみ、腰を反らせた。次の瞬間、ドクンッという衝撃があり、煮えたぎるように熱い粘液が尿道を駆け抜けていった。

「おおおっ……吸って、先生っ……思いきり吸ってください、先生っ……」

　薫子は応《こた》えてくれた。射精に震えるペニスを吸ってくれた。

「おおおおっ……うおおおおおっ……」

　大地は雄叫《おたけ》びにも似た声をあげた。

　ドクンッ、ドクンッ、と男の精を吐きだすたびに、痺《しび》れるような快感がペニスの芯《しん》を駆け抜けていった。両脚をガクガクと震わせながら、大地は長々と射精を続けた。すべてを吐きだすと眩暈を覚え、ふらふらとボックス席に向かい、尻餅《しりもち》をつくようにソファに腰をおろした。

しばらくの間、呼吸を整えること以外、なにもできなかった。今夜の射精はずいぶんと濃いものだった。個室居酒屋での愛撫から始まり、路上での愛撫、初めて足を踏みこむハプニングバー。調子に乗って逆駅弁スタイルまで繰りだしたせいだろう、精力だけではなく、スタミナも使い果たしてしまった。

だが……。

一方の薫子は、まだテーブル付近に居残り、他の男の誘いを受けて、フェラチオに勤《いそ》しんでいた。それから、テーブルの上で両脚をM字にひろげられ、二本目のペニスで貫かれた。その様子をぼんやりと眺めながら、大地はベネチアンマスクの下で苦笑した。苦笑でもするしかなかった。

まったく、人妻には敵《かな》わない……。

「人妻の達人」などと言っても、なんのことはない。実のところ、欲求不満の彼女たちに奉仕《ほうし》しているだけの下僕《げぼく》のような気がしてきた。

双葉文庫

く-12-64

人妻《ひとづま》の達人《たつじん》

2021年11月14日　第1刷発行

【著者】
草凪優《くさなぎゆう》

【発行者】
箕浦克史
【発行所】
株式会社双葉社
〒162-8540 東京都新宿区東五軒町3番28号
［電話］03-5261-4818(営業部)　03-5261-4833(編集部)
www.futabasha.co.jp(双葉社の書籍・コミックが買えます)
【印刷所】
中央精版印刷株式会社
【製本所】
中央精版印刷株式会社

【フォーマット・デザイン】
日下潤一



ISBN978-4-575-52518-2 C0193
Printed in Japan